이왕 살아난 거
잘 살아보기로 했다

나의오늘 003
이왕 살아난 거 잘 살아보기로 했다

초판 1쇄 발행 2021년 4월 15일

지은이 채원
편집인 옥기종
발행인 송현옥
펴낸곳 도서출판 더블:엔
출판등록 2011년 3월 16일 제2011-000014호

주소 서울시 강서구 마곡서1로 132, 301-901
전화 070_4306_9802
팩스 0505_137_7474
이메일 double_en@naver.com

ISBN 979-11-91382-02-0 (03810) 종이책
ISBN 979-11-91382-52-5 (05810) 전자책

나의
오늘

E.S.S.A.Y 003

이왕 살아난거
잘 살아보기로 했다

**버스에 치여 전신이 골절된
31살 취준생의 마음 재활 에세이**

채 원 지음

더블:엔

{나의오늘} 시리즈를 편집하며⋯

평범하게 보통의 삶을 살고 있는 많은 '나'에 관한 글을 시리즈로 출간하고 있습니다. 평범한 삶, 보통의 삶이란 게 있을까 싶긴 하지만, (우리 인생은 모두 특별하며 소중하니까요) 방송인이나 유명인사가 아니라는 점에서 평범한 우리 옆집 언니 동생들의 이야기를 풀어내고 싶었습니다. 책을 만들며 편집자는 생각보다 더 큰 위로를 받고 있습니다. 이 시리즈 시작하길 정말 잘했네요.

작은 출판사 더블엔과 잘 어울리는 {나의오늘}은 이렇게 출발했습니다.

첫 책은, 별일 없는 게 별일인 전직 기자 김수정 작가의 소소한 일상 에세이 《나는 나와 사이가 좋다》입니다.

두 번째 책 《아이 앞에서는 핸드폰 안 하려구요》는 휴직 중인 수학교사 김해연 작가의 육아분투기이자 발레예찬기이며, 이번 책은 결코 평범하지 않은 취준생의 이야기를 담았습니다. 버스에 치여 온몸이 골절된 31살 채원 작가의 마음 재활 에세이 《이왕 살아난 거 잘 살아보기로 했다》입니다. 생사를 넘나드는 엄청난 경험을 한 후 어릴 때부터 앓아온 우울증을 극복해나가는 그녀의 건강하고 유쾌한 일상을 응원하며 책을 편집했습니다.

5년의 경력 공백을 지나 다시 돌아간 회사에서의 생활이 즐거워진 김여나 작가의 《다시 회사로 출근합니다》, 두 아이와 제주로 내려간 엄마의 도시적 제주생활 이야기, 여행 작가에서 웹소설 작가로 변신한 엄마여행자의 이야기 등이 계속해서 출간될 예정입니다. 두근두근 기다려주세요.

뭔가에 지쳐 자신을 돌아볼 겨를이 없는, 그래도 충실히 하루를 살아내는 우리 모두에게 토닥토닥 위로를 건네는 [나의오늘] 시리즈의 필독을 권해드립니다.

- 편집장 송현옥

횡단보도를 건너다 버스에 치인 31살 취준생

눈을 떠보니 중환자실인 것도 황당한데,

전신이 골절됐다고? 그것도 11군데나?!

나 혼자서는 아무것도 못한다고?

으헝... 이게 다 무슨 말이야!!!

죽다 살아나보니
하루하루가 너무 소중해졌습니다

붕대를 찬 불가사리를 본 적 있으신가요?

네, 그게 바로 접니다. 중환자실에서 눈을 딱 떴을 때 大자로 누워서 목부터 양팔, 양다리까지 5군데에 깁스를 하고 있었어요. 마치 별모양 불가사리처럼 말이죠.

황당했어요. 게다가 무려 11군데나 골절됐다고 합니다. 이게 다 무슨 일일까요? 나중에 모든 설명을 듣고 나서야 알게 됐어요. 제가 횡단보도를 건너고 있는데 버스가 때려박았다고요. 그것도 초록불에 잘 맞춰서 걷고 있는 사람을 말입니다.

사고 전후로 한 달 동안의 기억이 사라졌어요. 그래서 사고 난 그날이 아빠가 간이식 수술을 받고 퇴원하던 날이었다는 것도 나중에 알았어요.

사고 후 몇 달 동안은 받아들이기 힘들었어요. 그런데 어떡해요. 내가 질질 짜고 앉아, 아니 누워 있는다고 (골반뼈도 나가서 4개월 동안 소변줄 차고 똥 기저귀 차면서 누워 있어야만 했거든요) 이 상황은 바뀌지 않더라구요. 현실을 받아들여야만 했어요.

그렇게 시작된 병원생활이 1년 반이나 됐어요. 참 1년 반이란 숫자가 주는 압박감이 커요. 사실 그때 저는 회사에서 1년 계약 후 정규직 전환이 되지 않아 짤린, 다시 이직을 준비하고 있던 취준생이었거든요. 그런데 1년 반이나 또 쉬게 되다니!

아빠를 그렇게 좋아하진 않았어요. 어렸을 적부터 우리 집은 알코올 중독 아빠의 술주정 소리가 bgm으로 들렸거든요. 엄마의 잔소리 피처링은 추가였구요. 넌덜머리가 났었어요. 딸은 우울증에 불안장애까지 있는데 엄마 아빠란 사람은 그것도 모르고 맨날 싸우기만 했어요. 그러다 제가 자살 시도를 했을 때 그날부터 조금 조심스러워 하는 것 같더라구요.

그런데 1년 반 동안 내 편 하나 없는 병원에서 지내보니 가족들이 그리워졌어요. 무엇보다 죽다 살아나보니 하루하루가 너무 소중한데, 이래나 저래나 얼굴 보고 살아야 하는 엄마 아빠랑 싸우면서 시간을 낭비하고 싶지 않았어요. 하루를 살아도 행복하게 살고 싶어졌습니다.

병원에서 저보다 힘든 상황에 놓여 있는 많은 사람들을 만나게 됐고, 불행한 상황에서도 어떻게 긍정적으로 생각을 전환할 수 있는지 배웠어요.

항상 울상이던 제가 점점 변하기 시작했어요. 47kg일 때도 못한 내 몸에 대한 긍정을 아이러니하게도 20kg이 찌고 난 지금에야 하게 되었어요. 앗, 몸무게를 들켰네.
내가 나를 더 아껴주고 가꿔주다 보니 패션쇼 모델까지

하게 됐어요.

사고 전엔 늘 제가 못나고 운까지 없는 사람이라고 생각
했거든요? 근데 지금은 운이 좋은 사람인 거 같아요. 죽을
뻔 했는데 이렇게 살아 있잖아요. 그래서 경단녀라고 후려
치기 한 친구도 쿨하게 차단하고, 늦은 나이 운운하며 꾸
역꾸역 이력서만 쓰던 사람이 아니라 '새로 도전하는 사람'
이 되었어요.

전 아직도 사람들 속에서 크고 작은 상처를 받고, 불확
실한 미래에 불안해하기도 해요. 며칠씩 우울의 동굴 속에
들어가 울다 나오기도 해요.
그래도 하나 확실한 건, 사고를 계기로 나에게도 내 마음
을 컨트롤 할 수 있는 힘이 있다는 걸 깨달았다는 거예요.
그리고 어떻게 하면 마음의 근육들을 키워나갈 수 있을지
여러 시도를 하면서 방법도 조금 알게 됐구요.

각자 사연은 다르지만 저마다 마음의 상처를 짊어지고
살아가고 있을 거예요. 지금도 어딘가에는 저처럼 갑작스

레 큰일을 당하고 울고 계실 분도 있을지도 모르고, "불합격했습니다" 일곱 글자를 보며 한숨짓고 계시는 분들도 있을 거예요. 우울한 마음을 주체할 수 없어 헤어나오고 싶은데 방법을 도무지 모르겠어서 답답하신 분들도 있을 거예요.

그런 분들께 제 이야기가 힌트가 됐으면 좋겠어요. 다소 평범하지 않은 일을 겪은 저의 경험담이 작은 위로가 되었으면 좋겠어요.

- 채 원

여러분의 마음에 연고 같은 책이 되길 바래요.

하루하루 살아 있는 것만으로도

"잘하고 있어~"라고 토닥토닥 해주세요.

여러분 자체만으로도 충분히 가치 있는 사람이니까요.

Contents

Part 2
병원에서까지 하게 된
사회생활

Part 4
지긋지긋에서 '애틋'으로 변한,
우리 가족 이야기

31살 취준생
버스에 치이고
다시 태어나다

PART 001

골절만 11군데,
사지에 깁스를 한 채
다시 태어나다

"정신이 드세요? 환자분~ 여기가 어디예요?"

여기가 어디냐고? 음… 글쎄? 저기 문쪽에 보이는 마크가 동생이 다니던 학교 같은데….

"중앙대?"

"아주대병원 중환자실이에요. 환자분 지금 골절돼서 그렇게 막 움직이시면 안 돼요."

이상하다. 분명 잔디밭에서 간호사들이랑 피크닉을 하고 있었는데…. 아, 맞다. 간호사 한 명이 나한테 삐졌었지? 그래서 달래주려고 뒤따라 뛰어가고 있었는데?

이건 분명 꿈일 거야! 자고 일어나면 분명 아무 일도 아닌 걸 거야.

온종일 밝은 중환자실에서 자다깨다를 반복했다. 어느 날은 누가 나를 뒤집었다가 다시 도로 눕혔던 것 같고, 어느 날은 엄마가 왔다간 것 같았다. 또 어느 날은 옆자리에서 누가 흐느끼는 소리가 들렸던 것 같다.

"여보, 제발 1초라도, 1초라도 좋으니 눈 좀 떠봐요."

정확히 기억이 나는 건, 처음으로 하루 두 번 미음과 오렌지 주스를 먹기 시작할 때부터였다. 그전에도 눈을 뜨긴 했지만, 정신이 온전히 돌아온 건 아니었다. 나중에 엄마가 들려준 얘기로는 문병 오신 할아버지께 이런 패드립을 쳤다고 한다.

"할아버지 왜 여기 계세요? 아빠도 죽고 할아버지도 분명 죽었는데?"

또 한번은 이런 헛소리를 했다고 한다.

"(혀로 이 언저리 부분을 더듬으려고 하면서) 엄마, 나이가 하나도 없어… 왜 이가 다 사라졌지? 어떻게 해?"

실제 이는 상한 곳 없이 멀쩡했는데, 나중에 알고 보니 나처럼 큰 충격을 받고 수술을 한 사람에게 나타날 수 있는 '섬망 증상' 중 하나였다.

"정 쌤, 그렇게 하면 안 돼. 이 환자는 혼자서는 아무것도 못해."

발밑에서 한 간호사가 다른 간호사에게 말하는 소리가 들렸다.

'혼자서는 아무것도 못 한다고? 그게 무슨 말이지? 나 하나도 안 아픈데? 이렇게 다리도 잘만 움직이는데? 어휴~ 진짜 왜 무섭게 간호사들이 세 명이나 날 둘러싸고 가만히 있으라고 강요하는 거야?'

도무지 이해가 안 갔다. 그땐 무통 주사를 엄청 맞고 있어서 안 아프다는 것도 몰랐다. 목부터 양팔, 양다리까지 사지에 깁스를 하고 있는지도 몰랐다. 마치 별모양 불가사리처럼.

보호자는 고작 하루에 20분만 면회를 할 수 있었다. 그 짧은 시간 동안 엄마는 나보다 간호사랑 이야기하는 시간이 더 긴 것 같아 서운했다. 목에 깁스를 차고 있어 고개를 돌릴 수가 없었다. 볼 수 있는 건 온종일 환하게 불이 켜진 천장과 저 멀리 보이는 벽시계뿐이었다.

여기저기서 들려오는 환자들의 신음소리, 고함소리가 너무 무서웠다. 마치 24시간 내내 좀비 영화를 보진 못하고 '듣기만' 하는 것 같았다. 목에 깁스를 해서 무슨 일인지 전혀 알아볼 수 없었다. 내가 할 수 있는 일이라곤 신음소리를 들으며 머릿속으로 온갖 공포스러운 장면을 상상하는 것뿐이었다.

어느 날은 참다못해 다른 병원으로 옮기고 싶다며 병문안을 온 엄마에게 고래고래 소리를 질렀다. 딴에는 다른 병원으로 옮기면 중환자실이 아니라 일반병실로 갈 수 있다고 생각했었나 보다. 엄마는 의사와 한참 동안 이야기를 나눈 후 오늘 일반병실로 옮기자며, 이따 저녁에 다시 오겠다고 했다.

그날은 1분이 한 시간처럼 흘러가는 것 같았다. 10분마다 한 번씩 간호사에게 엄마 소식을 물어봤다.

"엄마가 지금쯤 온다고 했는데, 엄마 왜 안 오시는 거죠?"

처음엔 조금만 기다리면 오실 거라고 안심시켜주던 간호사도 나중엔 지쳐서 날 무시하기 시작했다.

거의 목이 다 쉴 때쯤이 돼서야 장정 네 명이 달려들어 나를 휠체어에 옮겼다. 일반병실로 옮기기 전 엑스레이와 MRI를 찍으면서 느꼈다. 몸을 이리 돌렸다 저리 돌렸다 하는데 '내가 다치긴 다쳤구나' 싶었다. 몸을 조금만 건드려도 아프고, 조금만 움직여도 몸이 부서질 것 같았다.

2019년 5월 2일 교통사고 발생 10일 후.

아주대병원 응급외상센터 일반병실로 옮기면서 1년 반 동안의 병원생활이 시작되었다.

그리고 이때까지만 해도 몰랐다. 교통사고가 내 삶을 어떻게 바꿔놓을지를.

아빠가 간이식을 받고 퇴원하던 날, 나는 교통사고가 났다

내가 버스에 치여 중환자실로 실려왔던 그날.

그날은 아빠 퇴원기념 불고기 파티를 하기로 한 날이었다.

교통사고 당일 전후로 한 달 정도의 기억이 사라져서 사실 그날이 그 날이었다는 것도 몰랐다. 어떻게 사고가 났는지도 전혀 생각이 나질 않는다.

마지막으로 기억나는 건, 아빠에게 간이식을 해준 동생이 수술실을 나왔는데, 숨쉬기 힘든지 인상을 잔뜩 찡그리던 모습에 마음이 아팠던 것이다. 원통형 플라스틱 안에 빨간공, 노란공, 파란공이 든 호흡재활기구를 동생 손에 억지로 쥐어주며 숨을 크게 들이마셨다 내쉬도록 숨쉬기 연습을 도와줬는데, 어제까지만 해도 멀쩡하던 애가 숨쉬기도 힘들어하니 마음이 너무 아팠다. 차라리 내가 대신 아프고 싶었다.

엄마 말씀에 따르면, 12시간이나 걸린 아빠 수술이 끝나는 것도 다 보고, 그다음 주에 (코로나 때문에 이제는 많이 알려진) 음압 병실에 흰색 전신 방호복 같은 걸 입고 들어가서 아빠를 만났다고 하는데, 하나도 기억이 나지 않는다.

사고 전날에는 "내일 아빠 퇴원하시니깐 내가 불고기 파티 해줘야지~"라며 신나했다고 하는데 이것마저도 기억이 안 난다. 그 말을 들었을 때, 처음엔 엄마가 장난친다고 생각했다. 나는 요리의 요 자도 모르는 '요알못'(요리 알지 못하는 사람)인데, 그런 내가 아빠가 퇴원하는 게 얼마나 기뻤으면 먼저 불고기를 만들겠다고 했을까.

아빠는 내가 태어나기 전부터 술을 좋아하셨다. 심지어 술에 취해 무단횡단을 하다 차에 치이기까지 했다. 그 사고로 30년이 지난 지금까지도 무릎에 핀을 박고 계시는데도 여전히 술을 끊지 못했다. 아빠는 날이 갈수록 술을 더 많이 더 자주 드셨다. 술뿐 아니라 담배도 문제였다. 신장 하나를 떼는 수술을 할 땐, 담배 두 보루를 사서 가방에 넣어 몰래 병원에 들고 가려다 간호사에게 걸려 빼앗기기도 했다.

복수가 차서 8개월차 임산부만큼 배가 부풀어 오르고, 얼굴은 새까매지고 손발이며 눈까지 다 노래져도 술과 담배를 끊지 못하시다가 아빠는 결국 간경화 판정을 받았다. 병원에서는 마음의 준비를 하는 게 좋겠다고 했다. 이미 너무 많이 진행된 상태라 간이식 외엔 살 방법이 없다고 했다.

사실 난 아빠가 너무 미웠다.

'진짜 지긋지긋해. 아빠만 술을 끊으면 집이 조용할 텐데, 아빠는 왜 술을 안 끊으실까? 내가 생신 때마다 써드리는 편지 속 부탁은 눈에 들어오지도 않으신 걸까?'

일곱 살 그 어린 게 뭘 안다고 약국에서 담배패치를 사다 아빠에게 생신선물로 드렸는데, 아빠는 본체만체하셨다. 그럴 때마다 아빠에 대한 미움이 계속 쌓여만 갔다.

그러다 보니 동생이 선뜻 간이식을 해준다고 했을 때, 나는 반대했다. 그렇게 먹지 말라고 바짓가랑이 부여잡고 말려도 기어이 술을 찾아 드시는 아빠보단, 동생이 더 걱정됐다. 건강한 애의 멀쩡한 간을 몇십 프로를 잘라내야 한다는데 아무리 의술이 발전했어도 항상 예외라는 게 있으니깐. 수술 과정에서 잘못될 수도 있고, 부작용이 생길 수도 있는 문제였다.

그렇다고 나나 엄마가 해줄 수도 없었다. 간을 주는 사람의 몸에도 생존을 위해 일정 크기 이상의 간이 남아 있어야 한다. 문제는 여자의 간 크기가 남자보다 더 작으니 나나 엄마가 아빠에게 해주면 여자인 우린 살 수가 없다.

오랜 병원생활 후 퇴원 시기를 고민할 때쯤, 나는 가족들에게 대놓고 이렇게 말했다.

"나 퇴원해도 절대 집엔 안 가. 차라리 돈 들어도 원룸 얻어서 자취를 하면 했지 절대절대 집엔 안 돌아갈 거야."

우리 집엔 아빠의 술주정 소리(feat. 엄마의 잔소리)가
항상 bgm으로 깔리고 있었다. 아빠의 술주정 소리를 자장
가로, 엄마와 싸우는 소리를 알람소리로 일어나는 생활은
이제 지긋지긋했다. 하루라도 평온하게 잠들어서 평온하
게 일어나고 싶었다. 꿈에서까지 엄마 아빠 싸우는 모습에
괴로워하고 싶지 않았다. 이혼을 하네 마네 매일 같이 싸
우는 그곳으론 두 번 다시 돌아가고 싶지 않았다.

나에겐 집이 전쟁터 같았다. 어느 곳보다 마음이 편해
야 할 집이 나에겐 엄마 아빠의 싸움을 견뎌야 하는 곳이
었다. 중립국이었던 나와 동생은 아무리 두 국가의 싸움을
말려도 해결되지 않자 나중엔 방치에 이르렀다. 더 이상
그 사이에서 견딜 힘이 없었다.

핸드폰으로 직방 다방 같은 사이트에서 원룸을 찾아보
고 있는 나를 보며 엄마는 수술 후 아빠가 많이 달라졌다
며 달랬다.

"아빠가 완전 딴 사람이 됐어. 엄마랑 얘기도 얼마나 많
이 하는지 몰라. 얼마 전에는 추어탕까지 손수 사서 온 거
야. 엄마 고생한다고 먹으라고!"

아빠랑 오붓하게 외식을 해본 기억이 없다. 아빠는 항상 식당까지 걸어가는 그 몇 분 동안 일행이 아닌 것처럼 따로 뚝 떨어져서 걸었다.

'좀 같이 걷지.'

밥을 먹을 때도 말 한마디 없었다. 아빠가 술을 시키면 어김없이 엄마의 잔소리가 시작됐다. 그럴 때면 감자탕 맛이 뚝 떨어져 밥을 먹다 말고 울면서 집에 혼자 돌아오곤 했다. 사람들의 시선이 창피했고, 즐겁게 외식하러 온 자리에서까지 싸우는 모습에 답답했다. 먹다 체할 것 같았다. 집에 돌아온 엄마는 버릇없다며 누가 밥 먹다 집에 가버리냐며 혼을 냈다. 하지만 나는 아무 말도 할 수 없었다. 어차피 백만 번 천만 번 말해봤자 달라지는 게 하나도 없는데, 엄마랑 아빠가 싸우는 게 싫어서 그랬다고 말하는 게 뭔 소용인가 싶었다. 그냥 입 꾹 다물고 방문 걸어 잠그고 울었다. 그냥 내가 버릇없는 나쁜 년이 되는 게 나았다.

아빠는 내가 자살 시도를 해서 응급실에 실려 올 때까지 딸이 우울증으로 힘들어하고 있다는 사실조차 몰랐다. 엄마에겐 정신과를 오래 다녔는데도 호전이 없어 심리 상담을 받고 싶다며 비용 지원을 부탁드릴 때 말씀드렸지만 아빠껜 말씀드릴 기회조차 없었다. 아빠는 항상 집에 안 계셨고, 그나마 있을 땐 술에 취해 잠들어계셨다.

사실 나도 병문안을 오신 아빠가 달라진 걸 느끼긴 했다. 뭘 먹고 싶은지 먼저 물어봐주고, 다정하게 김밥도 양보해주셨다. 심지어 닭강정까지 손에 쥐어 병원에 들여보내줬다. 내 평생 처음 보는 다정함이었다. 감개무량이 따로 없었다.

'진짜 엄마 말대로 아빠가 변한 건가? 아니면 내가 아파서 잠시 그런 걸까?'

아빠는 수술이 결정되고 난 후에도 몇 번이나 수술을 안 하겠다고, "어떻게 아들 간을 받냐"고 하셨다고 한다. 그때부터 아빠는 아빠의 30년 절친이었던 초록병을 멀리하기 시작하셨다. 처음엔 얼마나 갈까 싶었는데 수술한 지 2년이 지난 지금도 술 한 방울을 입에 대지 않는다.

아빠가 술을 안 드시니 엄마도 더 이상 불안하지 않아도 되고, 덩달아 잔소리도 줄어들었다. 술주정, 짜증, 다투는 소리만 가득하던 집이 조용해졌다. 확실히 예전보다 평온해졌다.

어렸을 땐 아빠를 이해할 수 없었다. 엄마가 할머니나 친구들에게 전화해서 아빠 욕을 하는 걸, 어린 나는 곧이 곧대로 믿고 아빠를 미워했었다. 한번은 아빠의 알코올 중독 상태가 심각해지자 엄마는 아빠를 강제로 알코올 중독 전문 병원에 입원시켰는데, 나는 면회하러 가서 아빠에 대한 온갖 원망을 담은 일기장을 전해준 적도 있다.

'나 아빠 때문에 정말 너무 힘들어. 엄마랑 아빠 싸우는 소리 넌덜머리가 나. 이럴 거면 차라리 이혼을 하든가, 아님 그냥 나가 죽어버렸으면 좋겠어!'

나이가 들고 사회생활을 하면서 아빠가 조금씩 이해되기 시작했다. 난 회사에 출근한 지 고작 몇 달밖에 안 됐는데도 이렇게 힘든데, 30년 가까이 한 직장에서 근무한 아빠는 얼마나 힘들었을까.

남들처럼 돈 들여가며 골프를 칠 수도 없고, 주말마다 놀

러다닐 수는 없으니, 적은 돈으로 스트레스를 해소할 방법을 찾은 게 아마 '술'이었을 거다. 한잔 두잔 마시면서 풀기 시작한 게 습관이 돼버린 것 같다. 물론 잘못된 방법이다. 하지만 사회생활이 아무리 힘들어도 가장이니까, 가족들 먹여 살리려고 어떻게든 꾸역꾸역 출근하는 아빠를 보며 그럴 수도 있겠다 싶다.

요즘엔 엄마랑 대화도 많이 하시고, 나에겐 "우리 딸 보고 싶어~"라며 애정표현도 하신다. 처음 들어보는 아빠의 보고 싶다는 말이 얼마나 좋았는지 캡처해서 핸드폰 바탕화면으로 지정해놨었다.

나도 나지만, 사고가 났을 때 우리 가족들의 마음은 어땠을까?

퇴원해 집에 왔는데, 불고기 해준다는 딸은 안 오고 갑자기 경찰서에서 전화가 왔다. 딸이 큰 병원에 누워 있고, 심각한 상태니 얼른 보호자가 와야 한다고 했을 때 얼마나 당황했을까? 가보지도 못하고 아무것도 해줄 수 없는 아빠의 무력감은 어땠을까? (간이식 수술 후 면역력 저하 때문에 병원같은 다중 시설 이용은 자제해야 한다고 한다. 그래서 아빠를 다시 보기 시작한 건 사고 5개월 만이었다)

엄마의 마음은 어땠을까? 간이식해준 아들 돌봐야지, 간 받은 남편 돌봐야지 거기다 딸까지 사고가 났다. 전화를 받고 헐레벌떡 달려온 병원엔 흰 가운을 입은 의사 여럿이 딸을 둘러싸고 심각하게 뭔가 이야기를 하고 있었다. 딸은 침대에 누워 눈은 감고 있는데, 다리는 발버둥치듯 움직이고 있었다.

"신경이 지나가는 곳들을 많이 다쳐서 일단 경과는 지켜봐야 하는데, 어쩌면 상체 왼쪽 전체를 못쓰게 될 수도 있을 것 같습니다."

의사가 딸이 어디를 얼마나 다쳤는지 하나하나 나열했는데, 도무지 귀에 들어오질 않았다고 한다. 중환자실을 터벅터벅 걸어 나와 원무과에서 받은 딸의 피가 묻은 옷, 그 옷을 받았을 때 마음은 어땠을까?

바들바들 떠는 엄마를 옆자리에 앉히고 운전을 한 건 동생이었다. 동생은 아빠에게 간을 주기 위해, 하던 일을 그만두고 6개월을 내리 몸 만드는 데 집중했다. 수술한 지 이제 고작 2주. 밥을 조금만 먹어도 배가 금방 차버려 음식을 제대로 먹지 못했고, 수술 부위가 아파 아무것도 할 수 없는 상태였다.

누나가 버스에 치이는 장면을 경찰서에서 두 눈으로 직접 봤을 때 동생의 마음은 어땠을까? 그래서 지금도 내가 외출할 때마다 차 조심하라고, 신호등 바뀌어도 양옆 잘 살피고 가라고 말해주는 동생의 심정이 이해가 된다.

나도 나지만, 가족들이 얼마나 힘들었을지 가늠이 안 된다. 가족을 생각하면 이따금 가슴이 저릿저릿할 때가 많다. 물론 안 겪었으면 더 좋았을 일들이다. 그래도 비 온 뒤에 땅이 굳는다는 말이 있듯, 2년 동안의 큰 고난을 겪으면서 우리 가족은 성장하고 더 단단해졌다.

우리 가족 재작년부터 작년까지 너무 수고 많았어요.
다들 이렇게 무사해서 다행이에요.
엄마 아빠도 변하려고 많이 노력해줘서 고마워요.
동수도 누나 걱정 많이 해주는 거 알아.
우리 싸우지 말고 사이좋게 지내자.
우리 가족 모두 건강한 것만으로도 감사하고 고마워! 사랑해.

빡빡이 황비홍
일반병실 입성기

.

"으악!!!!!!!!!!!!!!!!!!!! 이게 뭐야!!!!!!!
내 머리! 내 머리가 왜 이래?"

엄마가 보여준 거울 속에는 웬 황비홍 한 명이 놀란 표정을 하고 있었다. 뒷머리는 사자 갈기처럼 산발인데 앞머리는 없었다. 분명 있어야 할 그곳에 앞머리가 없었다. 눈은 푸르딩딩 멍이 들고 얼굴은 까실까실한 게 피부가 허옇게 일어나 있었다.

"너 시술 받는다고 머리 밀었잖아."

"아니 왜 그걸 지금 얘기해! 사고 난 지 며칠이나 지났는데? 벌써 열흘이나 넘게 지났는데."

나는 사실 병원에 좋아하… 아니 관심 있었던 남자 간호사가 있었다. 매일 저녁 커튼을 젖히고 "은주야 잘자" (개명 전 이름은 은주였다) 라고 말해주는 쏘 스윗한 슬림한 체형의 남자 간호사. 비록 앞치마처럼 뒤는 뻥 뚫려있어서 엉덩이가 훤히 보이는 원피스형 환자복을 입고 있는 신세였지만 그래도 얼굴은 괜찮겠지 했었다.

그런데 황비홍이라니!! 나이 31살에 앞머리가 빡빡 깎이다니! 밀거면 다 밀어버리지 웃기게 뒷머리는 남겨 놓는건 뭐람. 나중에 설명을 들어보니, 버스에 치이면서 머리를 땅에 부딪쳤는데, 병원에 실려 오는 중 뇌압이 점점 올라가 앞머리에 구멍을 뚫어 뇌압을 낮추는 시술을 하지 않으면 온몸이 마비가 될 수도 있는 긴박한 상황이었다고 한다.

뭐 처음엔 당황스럽기도 하고, 내 꼴이 우습기도 했지만, 나중엔 뒷머리라도 사수한 게 다행이다 싶었다. 엄마가 아빠와 나를 동시에 병간호할 수는 없어서 나는 간병인을 썼는데, 간병인이 관리하기 어렵다며 이렇게 누워만 있을 거면 차라리 아예 싹 다 밀어버리자고 종용했다.

이제 와 생각해보니 간병인 입장에선 그럴 수도 있겠다 싶다. 의사선생님이 신경을 지나가는 목이나 승모근, 어깨 부위를 가장 많이 다쳤기 때문에 안정을 위해선 절대 머리를 감으면 안 된다고 했다. 미용실에서 하는 것처럼 뒤로 감으면 안 되냐고 물어봤는데 그것조차 안 된다고 하셔서 어쩔 수 없이 나는 무려 4개월 동안이나 머리를 감지 못했다. 두피가 빨개지면서 비듬이 올라왔고, 떡진 채로 4개월을 살아야만 했다.

물 없이 감는 워터리스 샴푸도 써보고, 엄마가 두피 클리닉에서 거금을 들여가며 사 온 두피 에센스도 써봤는데 그닥 효과는 보지 못했다.

두피보다 더 치욕적인 건 하루 두 번 엉덩이를 남자 간호사들에게 보여줘야 했던 것이었다. 사지에 깁스를 차고 있었기 때문에 나는 다른 환자들처럼 일반 환자복을 입을 수 없었다. 대신 (간호사들은 원피스형 환자복이라고 부르지만 나는 '앞치마 환자복'이라고 부르는) 몸의 앞부분만 가리고 뒷부분은 가릴 수 없는 환자복을 입고 있었다.

욕창(한 자세로 오랜 기간 누워 있으면 생길 수 있는 조직 괴사)을 막기 위해 하루 두 번 간호사들이 내 몸을 뒤집어 엉덩이가 하늘을 보도록 하고 등을 두들겼다. 사실 다른 간호사들은 그냥 그랬는데, 환잔데 그래도 여자라고 매일 저녁 인사하러 와주는 남자 간호사가 뒤집을 땐 좀 많이 부끄러웠다.

일반병실의 하루 스케줄은 이랬다. 아침저녁으로 욕창 방지를 위해 외간남자 간호사에게 엉덩이 보여주기, 하루 5번 깁스 풀고 상처 소독하기, 약 먹기, 링거 맞기, 가끔 일반식 말고 특별식이 나오면 기뻐하기 등등. 병실 안에 텔레비전이 없었기 때문에 누워만 있어야 했던 일반병실의 하루는 역사수업 시간만큼이나 지루하고 길었지만, 그래도 옆자리 언니 덕분에 수다를 떨 수 있어서 덜 심심했다.

언니는 차를 빼려고 오르막길에 주차되어 있던 앞차를

밀다가 앞차와 뒤에 있던 언니 차 사이에 껴서 골반이 깨져버렸다. 앞차가 뒤로 밀려 내려오면 피해야 하는데 자기가 무슨 원더우먼이 된 것처럼 그걸 막아보겠다고 하다가 병원 신세를 지게 됐다.

언니는 변비로 꽤 오래 고생을 했다. 오랜 기간 누워 있을 수밖에 없다 보니 소화가 잘되지 않아 몇 주 동안 변을 보지 못했다. 관장약도 먹어봤는데 배만 아프고 똥은 나오지 않아서 결국 보호자가 그곳을 손으로 긁어내서야 해결됐다.

나나 언니나 둘 다 골반에 골절이 있었기 때문에 휠체어를 탈 수 없었다. 그런 우리가 몸무게를 잴 수 있는 유일한 방법이 하나 있었다. 바로 천으로 우릴 싸서 거중기처럼 생긴 저울로 들어올려 몸무게를 재는 것이었다. 돼지나 소 무게 재듯 대롱대롱 매달려 있는 모습이 어찌나 웃긴지 서로 낄낄거리면서 웃었다.

돌이켜 생각해보면 아주대병원에 있을 때 누워만 있어야 했기 때문에 중환자실 간호사들은 얼굴을 아예 모르고, 일반병실 간호사들이나 치료사들은 얼굴을 보긴 했는데 제대로 본 적이 없어 잘 기억이 나지 않는다. 심지어 나에게 매일 밤 인사해주던 남자 간호사의 얼굴도 기억이 안 난다.

옆자리 언니와도 둘다 누워만 있어야 했기 때문에 서로의 얼굴을 한번도 본 적이 없다. 그런데도 사고 난 지 얼마 안 된 시기라 몸이 가장 아팠지만 마음은 따뜻했던 기억으로 남아있는 걸 보면 친절하게 대해줬던 간호사들과 병실 식구들 덕분이었던 것 같다.

휴~ 나는 운마저 안 따라주는
사람인 줄 알았잖아

머리, 귀, 목, 어깨, 양팔, 손, 갈비뼈, 척추, 골반, 발까지 골절이 안 된 곳이 없었지만 기적적으로 살아난 내게 사람들은 이렇게 말한다.

"네가 당연히 살 만해서 산 거지~."

하지만 나는 내가 살 만해서 산 게 아니라 단지 운이 좋아서 '죽지 않았던 거'였다는 걸 너무 잘 안다.

만나는 의사마다 차트를 보며, "아마 더 나이가 많은 사람이 똑같이 치였다면 즉사했을 거예요" 라고 했다. 하지만 비단 나이뿐만 아니라, 그 외에 많은 부분에서 운이 좋았기 때문에 죽지 않고 이렇게 살아 있다.

사고 이후 아무래도 교통사고나 아주대병원 같은 권역외상센터 관련 뉴스를 더 관심 있게 찾아보게 된다. 특히 이런 기사를 보면 머리가 쭈뼛 서는 느낌이 든다.

'교통사고 2세 아동 수술 거부…

응급 환자 전원 시스템 도마에'

(세계일보 / 2016.10.20. 김유나 기자)

2016년 9월 30일 전북 전주시에서 김 모(2) 군이 외할머니와 함께 후진하는 차량에 부딪쳐 교통사고를 당한 사건이다. 이날 김 군은 오후 5시경 전북대 병원으로 이송됐지만, 수술실의 사정으로 전남대로 전원을 의뢰했다.

하지만 전남대 병원은 단순 골반골절로 설명을 듣고 중증 외상 환자로 판단하지 않아 환자를 수용하지 않았다고 한다. 결국, 오후 9시가 돼서야 아주대병원에 헬기 이송을 요청했고, 자정이 다 돼서 아주대병원에 도착했지만, 수술 중 심정지로 사망했다.

이 기사를 보기 전까진 교통사고를 크게 당한 모든 환자들은 병원에 도착하기만 하면, 의사가 최선을 다해 환자를 살리는 줄 알았다. 의학 드라마처럼 의사가 흰 가운을 펄럭이며 달려 나와 환자의 몸에 올라타 심폐소생술을 하는 것처럼.

얼마 전 이국종 교수님과 아주대병원 문제로 뉴스가 계속해서 나왔을 때, 엄마한테 급히 톡이 왔다.

"방금 뉴스 보고 있는데 아주대 얘기가 나오더라. 근데 네가 사고 났던 5월에 4명인가 5명이 병상이 없어서 다른 병원으로 옮겨졌대. 그중에 같이 사고 난 커플이 있었는데, 남자는 자리가 딱 하나 남아서 아주대에 입원하고 여자는 다른 병원으로 옮기다가 글쎄… 죽었대."

이런 이야기를 듣다 보니 아주대병원이 있는 수원과 비교적 가까운 곳에서 사고가 난 것도, 중환자실에 때마침 병상이 있었던 것도 모두 당연한 게 아니었다. 모두 운이 좋았던 거고 감사할 일이었다.

만약 내가 안타깝게 숨진 김 군처럼 다른 지역에서 사고가 났다면 지금 살아 있을 수 있을까? 만약 병원에 병상이 없었다면, 그래서 다른 병원으로 이송을 할 수밖에 없었다면 지금 이렇게 살아 있을 수 있었을까?

머리엔 출혈이 있었고, 뇌압이 높아진 상태였다고 한다. 의사가 제때 판단을 잘해서 뇌압을 낮추는 시술을 해서 다행이지, 만약 병상이 없어 이송 중에 뇌압이 너무 높아졌다면? 정말 뇌에 큰 문제가 생겨 몸이 마비됐을지도 모른다.

물론 사고 나기 전과 같은 삶을 사는 건 아니다. 분명 버스에 치여 끌려간 큰 사고였고, 여러 후유장해와 젊은 여성이 갖고 있기엔 너무 큰 흉터를 갖고 평생을 살아가야 한다.

예전처럼 흉터 없는 매끈한 다리도 없고, 이명 때문에 보청기를 끼고 살아야 한다. 주먹을 쥘 수 없으니 자전거를 못 타는 것도 가끔 슬프다. 그래도 살아 있다는 것만으로 감사하다. 퇴원 후 취업 걱정을 하는 나를 보고 엄마가 이런 말을 한 적이 있다.

"채원아, 아무것도 안 해도 돼. 그냥 가만히 이렇게 살아서 엄마 옆에 있는 것만으로도 엄만 좋아."

예전의 나는 이렇게 생각했다.

'누구보다 열심히 취업준비를 하는데, 왜 나만 매번 광탈하는 걸까? 어쩜 이렇게 안 풀려도 드럽게 인생이 안 풀릴까. 남들은 운도 따라주던데 나는 그 운마저도 없나 보다.'

그런데 돌이켜 생각해보니, 지금보다 더 안 좋은 방향으로 흘러가지 않았던 것만으로도 운이 좋았던 거였다. 친구들에게 농담 삼아 이런 말을 한 적이 있다.

"그동안 어지간히 일이 안 풀린 게, 이번에 살려고 안 풀렸나 봐. 천운을 끌어다 쓴 거 같아."

운이 정말 좋다는 건, 기분 좋을 때 오랜만에 마신 소주가 혀에 부드럽게 감기듯, 원하던 일이 착착 진행될 때만 쓰는 말이 아니라, 오히려 더 나빴을지도 모를 상황으로 흘러가지 않을 때도 쓰는 말이었다.

바라던 일이 기적적으로 이루어지는 '행운'은 없었지만 나도 운이 좋은 사람이었다. 지원한 회사 족족 광탈을 면치 못했던 나지만, 어쩌면 죽었을지도 모를 상황을 모면한 것만으로도 운이 좋았던 거 아닐까.

나는 여전히 내가 원하는 인생을 꿈꾸며 살아가고 있다. 안정적인 수입이 나오는 공무원이 될까, 내 마음을 잘 보듬어주는 다정한 남자친구를 만나기 위해서 살을 빼볼까, 매번 고민하고 매번 바라는 이상을 그리며 살아간다. 하지만 그건 그동안 내가 열심히 살았다고 인생이 주는 '인센티브'가 아닐까.

이만한 게 다행이다. 지금보다 더 최악의 상황까지 가지 않아 참 다행이다. 하루하루 애쓰며 살아갈 수 있는 몸이 있다는 것만으로도, 마음이 있다는 것만으로도 감사하다.

만약 우울증에 걸려 마음도 아픈데 몸에 큰 병이라도 걸렸으면 어땠을까? 취업 준비를 할 생각이나 했을까. 아마 하루를 버티기도 힘겨웠을 거다. 만약 알코올 중독자인 아빠가 회사까지 나가지 않았다면 어땠을까? 그 모습을 견디지 못한 엄마가 동생과 나를 두고 도망이라도 갔다면? 아마 나랑 동생은 탈선했을지도 모른다. 어디서 폭주족이 되어 돈을 뜯으며 살고 있었을지도 모른다.

'어쩔 수 없음'을 알게 해준 지금까지의 잘 안 풀렸던 과거의 모든 경험들에게 감사하다. 만약 여태껏 모든 일들이 착착 풀렸다면 병원에서 이렇게 잘 버티지도 못했을 것 같다. 모든 일이 내 맘 같지 않다는 걸, 때론 나의 노력과는 무관하게 어쩔 수 없이 실패하기도 한다는 걸, 그것들을 그동안 경험했기 때문에 이 힘든 시기를 잘 버틸 수 있었던 것 같다.

현재의 내 모습이, 내 처지가 불만스럽다면 지금보다 더 나빴을지도 모르는 최악의 상황을 생각해보자. 과거에 실패했던 일들을 돌이켜보고 실패를 통해 나는 무엇을 배웠는지 고민해보는 것도 좋다.

지금보다 더 좋은 조건의 내가 되지 못할 수도 있다. 하지만 아침에 눈을 떠 조금 더 잘까, 아니야 건강하려면 운동해야지 라며 이불을 걷어차고 일어나는 나도, 귀찮은데 라면으로 한끼 때울까 하다가도 건강을 위해 몸에 좋은 음식을 찾아 먹는 나도, 더 나은 내가 되기 위해 노력하는 모습만으로도 충분히 사랑스러워 보인다. 오늘 하루 꼼지락 꼼지락 움직이며 노력하는 내가 자랑스러워 보인다.

나를 사랑하게 되었어

아침에 눈을 떠
이불 속에서 조금만 더 잘까,
아니면 운동을 하러 나갈까 고민하는 나도,
더 나은 내가 되려고 노력하는 나도
사랑스러워 보인다.
하루하루 꼼지락 꼼지락 노력하는 나도
이제 무한대로 자랑스러워 보인다.

식욕이 있다는 게,
뱃살이 통통한 게
얼마나 다행인지 몰라

치킨에 열중하는 사이, 엄마가 찰칵 사진을 찍어주셨다. 모르는 사람이 보면 아마 빵 터지는 사진일 것 같다. 비닐 장갑을 낀 오른손으로 치킨을 들고, 얼마나 정신없이 먹었는지 입 주변에 양념이 잔뜩 묻어 있다. 깁스를 한 목 둘레에는 먹다가 옷에 묻을까 봐 옷 위에 엄마가 비닐을 둘러주었다.

이 날은 나에게 일생일대의 역사적인 날이었다. 처음으로 오른손으로 뭔가를 먹은 날이었다. 몇 달만에 먹어본 병원 급식이 아닌 외부 음식이었다.

처음으로 오른손으로 뭔가를 먹은 날.
몇 달만에 먹어본 병원 급식이 아닌 외부 음식.
손바닥보다 작은 물체를 오른손으로 처음 집은
역사적인 날이었다.
오른손을 쓸 수 있게 되니 새로운 세상이 열렸다.

사실 병원 밥 말고 치킨이 너무 먹고 싶었다. 병원에서 나오는 밍밍한, 간이 덜 된 반찬 말고, 매콤달짝지근한 치킨이 먹고 싶었다. 병원은 아무래도 환자의 건강을 위해 염도를 낮춰 조리하는데 원래 좀 짜게 먹는 편인 나로서는 밥을 먹어도 영 먹은 것 같지 않았다.

어릴 적 엄마와 손잡고 시장에 가면 맛볼 수 있었던 그 양념치킨이 그날따라 간절히 먹고 싶었다. 저 날은 오직 치킨을 먹고 싶다는 식욕 덕분에 손바닥보다 작은 물체를 오른손으로 처음 집은 역사적인 날이었다.

정말 다행인 건 어깨부터 손까지 골고루 골절된 왼쪽과는 달리 오른쪽은 '팔'만 골절됐다. 하지만 오른팔도 왼팔처럼 손까지를 깁스를 하고 있었다. 그래서 몇 달 동안 오른손 역시 쓸 수 없었고, 안 쓰니 굳어버렸다.

오른팔은 왼팔보다 한 달 정도 빨리 깁스를 풀 수 있었다. 그때부터 나는 왼손은 쓸 수 없지만, 오른손은 쓸 수 있는 '진화'된 아기가 되었다. 물론 기저귀와 소변줄은 여전히 차고 있었다.

그동안에는 간병인이 내 손발이 되어 일상을 도와주고 있었다. 하지만 여간 눈치가 보이는 일이 아니었다. 엄마가 속상해 하실까 봐 말은 못했지만 간병인에게 물 주세요, 머리 긁어주세요, 선풍기 좀 켜주세요, 양치하고 싶어요 까지 세세한 일 하나하나 부탁하는 것이 미안했다.

　간병인이 24시간 환자 옆에 붙어있을 수는 없다. 환자인 나도 힘든데 사지 멀쩡하고 건강한 간병인이 답답한 병원에 갇혀 있는 건 못할 일이다. 그래서 엄마가 딸 먹으라며 정성스레 먹기 좋게 잘라온 멜론을 간병인이 몰래 먹어도 넘어갔고, 잠시 눈 좀 붙이겠다고 할 때도 그러라고 했다.

　그러던 중 어떻게든 손을 움직여 내 의지대로 물을 먹어야겠다고 결심하게 된 결정적인 사건이 일어났다. 주말 저녁, 8시 주말드라마가 한창인 시간이었다.

　잠깐 잠들었다 깼는데 간병인이 보이지 않았다. 깁스를 한 목을 들 순 없어 이리저리 눈알을 굴려 병실 안을 살펴보고, 옆자리 보호자한테도 물어봤지만 안 보였다.

　"제 간병인 어디 갔는지 아세요?"

　그때 소독해주시는 선생님이 오셨다. 선생님은 그날따

라 유독 바쁘셨는지 깁스를 풀면서도 전화기에서 손을 놓지 않으셨다. 부목을 댈 땐 각도가 생명이다. 조금이라도 어깨와 팔 사이의 각도가 벗어나면 팔이 미친 듯이 아픈데, 하필 그날이 그랬다.

선생님은 가버리고 팔이 너무 아팠던 나는 신생아처럼 소리 내어 우는 것 외엔 할 수 있는 게 아무것도 없었다. 옆 환자 보호자도 어디 갔는지 보이지 않았다. 양손을 쓸 수 없는 나는 침대에 달려 있는 간호사를 부르는 버튼을 누르고 싶지만 누를 수가 없었다. 그날 이후 나는 간병인 없이, 간병인 눈치 보지 않고 오로지 나의 힘으로 나의 의지대로 내가 물을 마시고 싶을 때 스스로 마실 수 있도록 물병 잡는 연습을 했다.

'물병 잡기'는 난이도로 따지면 하(下)에 들어간다. 둥근 형태에 손보다 크기 때문에 손을 조금만 구부릴 수 있다면 쉽게 잡을 수 있다. 그 다음은 핸드폰. 핸드폰은 난이도 중(中) 정도다. 핸드폰을 잡을 수 있게 된 후부터는 엄마에게 부탁해 핸드폰 거치대를 침대에 설치했다. 물론 핸드폰을 거치대에 끼우는 건 간병인의 몫이었지만, 손등으로 톡톡

눌러 전화도 걸 수 있고, 느리지만 인터넷도 할 수 있었다.

새로운 세상이 열렸다. 삶의 질이 달라졌다. 할 수 있는 일이라곤 오른발로 미니 선풍기를 켰다 껐다 하는 게 전부였던 병원 라이프에 신선한 변화가 일었다.

그 다음으로 도전했던 게 바로 치킨 먹기였다. 치킨은 난이도 상(上)이다. 손바닥보다 작은 치킨을 잡는 건 일반 사람들에겐 너무나 쉬운 일이겠지만, 나에겐 그 무엇보다 어려운 일이었다.

식욕이 많다는 게 불만이었던 적이 있다. 사고가 나기 전, 이력서를 98개나 써서 겨우 들어간 회사에서 정규직 전환이 되지 않았다. 취업한 지 1년 만에 다시 취업준비의 무한 굴레로 들어왔다. 반복되는 지원과 탈락 속에 자존감이 뚝뚝 떨어졌다. 낮아질 대로 낮아진, 아무것도 아닌 나를 볼 때마다 폭식으로 풀곤 했다. 마음이 허기져 채워지지 않은 만족을 음식으로 채웠다.

'취업도 못 하면서 먹기만 하고, 살만 찌고, 뱃살은 이게 뭐야? 한심해.'

그때 찐 뱃살 때문인지 몰라도, 뼈는 그렇게 죄다 동강동강 부러졌으면서 내장기관은 어느 하나 손상된 곳이 없다. 버스에 치일 때 뱃살이 완충 역할을 한 것 같다. 그 덕분에 밥 하나는 잘 먹을 수 있어서 회복 속도가 빨랐다.

밥을 못 먹는다는 게, 식욕이 없다는 게 얼마나 힘든 일인지 요양병원으로 옮기고 얼마 안 됐을 때 몸소 깨달았다.

소염제, 진통제 같은 양약을 매일 달고 살았는데, 어혈(외상 등으로 혈액이 제대로 돌지 못하고 조직에 머물러 있는 증상)을 빼겠다고 한약도 먹으려 한 적이 있었다. 물론 두 시간 간격을 두고 먹긴 했지만, 워낙 독한 약들이 겹쳐서인지 2주 동안 내리 토만 했었다. 속이 완전히 뒤집혀서 어떤 음식을 먹어도 받질 않았다.

죽을 먹어도 토했기 때문에 미음만 먹을 수 있었는데, 속이 좋지 않으니 뭘 먹고 싶지도 않았다. 먹질 못하니 몸에 힘이 하나도 없고 지치기만 했다. 누워만 있고 싶었다. 받아야 할 재활치료도 제대로 받지 못했다. 그때 수액도 꽤 오랫동안 맞았던 걸로 기억한다. 기분도 좋지 않아서 한동안은 늘 울상이었다.

　아주대병원에 있을 때 간병인에게 전해들은 이야기가 있다. 같은 병실, 내 침대 대각선에 계신 분은 교통사고를 당하면서 내장이 파열됐다고 했다. 정확히 기억은 나지 않지만, 그분은 내장 몇 센티를 잘라내는 수술을 해야만 했고, 사고 후 일주일 만에 10kg이 넘게 빠졌다고 한다.

　말이 10kg이지, 일주일 동안 10kg이 갑자기 빠진다면 사람 몸에 어떤 변화가 일어날지 상상조차 되지 않는다. 식사를 제대로 못해서인지 분명 나보다 한참 전에 입원했는데 나와 비슷한 시기에 퇴원했다.

　요양병원 옆병실에는 암 수술을 마치고 회복 단계 중인 할머니가 계셨다. 할머니는 하루에 5~6번을 습관적으로 몸무게를 재셨다. 어쩌다 나를 마주칠 때면, 통통한 내 팔뚝을 만지며 이렇게 물어보곤 하셨다.

　"어떻게 하면 살이 이렇게 찔 수 있어? 통통한 것 봐. 뭘 먹어야 입맛이 도냐?"

친구에게 이 이야기를 했더니 너무 무례한 거 아니냐며 기분 나쁘지 않냐고 물어봤는데, 나는 도리어 얼마나 간절하면 저러실까 얼마나 식욕이 없으면 저렇게 강박적으로 몸무게에 집착하실까 싶었다. 건강을 한 번 잃어본 사람에게 잘 먹는다는 게 얼마나 중요한 일인지 알 수 있었다.

다이어트를 하는 사람에게는 '식욕이 적'이라고 한다. 식욕 자체를 부정적으로 보고, 식욕억제제를 맞기도 한다. 반면에 누군가는 간절히 식욕이 생기기를 원하기도 하고, 또 누군가는 먹을 수 없게 되어 건강이 나빠지기도 한다.

물론 과체중은 건강에 좋지 않기 때문에 적정 체중을 유지하는 것이 좋다. 하지만 옳지 않은 방법으로 식욕을 억제하는 것도, 식욕 자체를 부정적으로만 인식하는 건 옳지 않다.

누군가에게는 제발 없어졌으면 하고 바라는 식욕이지만, 병원에 있는 어떤 환자에게는 세상 무엇보다 간절한 것이 식욕일 수도 있다. 누군가는 살이 쪘다고 원망스러운 눈으로 뱃살을 보고 있겠지만, 난 그 통통한 뱃살 덕분에 내장기관이 다치지 않아 잘 먹고 회복할 수 있었다. 내장기관마저 다쳤다면 설상가상이었겠다 싶다.

그러니 혹시 식욕이나 뱃살을 넘어 그걸 가진 나 자신마저도 부정적으로 인식하고 있는 사람이 있다면, 이 글이 식욕도, 뱃살도, 나 자신도 긍정적으로 바라볼 수 있는 작은 계기가 되길 바란다.

가해자(버스기사)도
가해자 나름

사고 후 4개월 동안 나의 배뇨, 배변 활동을 책임진 건 오롯이 소변줄과 기저귀의 몫이었다. 아주대병원에서 한 달 동안 급한 불을 끈 후, 골절된 뼈를 굳히기 위해 수원 인근의 한 일반 정형외과 병원으로 옮겼다. 그곳에서 난 3개월 동안 걷지도, 아니 심지어 휠체어도 타지 못하고 침대에 누워만 있는 생활을 했다.

다 큰 성인이 된 내가, 남자친구도 아니고 생판 남인 간병인에게 내 엉덩이를 맡기게 될 줄은 몰랐다. 애도 안 낳아본 내가 내 자식 똥도 아닌, 내 똥 크기를 달걀과 오렌지로 구분지어 말하게 될 줄은 몰랐다. 아침에 일어나자마자 샤워를 하는 내가, 무려 4개월 동안 머리도 못 감고 샤워도 못 하게 될 줄은 몰랐다.

당시 난 간병인 없인 혼자 할 수 있는 게 아무것도 없는 신생아와도 같은 상태였다. 4개월 동안 할 수 있었던 딱 한 가지는, 깁스를 푼 오른발로 미니 선풍기를 껐다 켰다 하는 것뿐이었다.

4개월 만에 처음 걸었던 그날을 잊을 수가 없다. 지루하리만치 긴 시간을 지나 드디어 뼈가 붙었으니 깁스를 풀어도 된다는 의사의 허락을 받았다.

걸음마를 이제 막 시작한 아기처럼 몇 걸음 못가 주저앉기를 반복했다. 4개월 동안 쓰지 않은 다리는 근육이 쫙 빠져버려, 누워 있던 4개월 동안 무거워진 몸을 지탱할 수 없었다.

그때부터 몸의 재활이 시작되었다. 재활은 연습 또 연습이었다. 안 쓰던 걸, 아니 못쓰게 되어 버린 몸을 억지로 움직이게 만드는 과정은 단언컨대 정말 아주 많이 고통스러웠다. 특히 가장 많이 다친 왼손을 재활할 땐 '이러다 손이 부러지는 건 아닐까' 걱정될 때가 많았다.

내 왼손은 마치 추운 겨울 명태를 얼렸다 녹였다를 반복하며 찬바람에 완전히 건조시킨 딱딱한 북어 같았다. 깁스를 하고 있던 4개월 동안 마치 북어 만들듯 뼈를 굳히는 동안 근육도, 관절도 굳어버린 것이었다. 그 손을 강제로 굽혔다 폈다 하며 부드럽게 만드는 매일매일의 치료시간이 괴로웠다.

정신없이 재활을 받느라 억울하게 사고가 났다는 사실조차 잊어버리고 있었다. 신호 위반을 한 버스기사고 뭐고 안중에도 없었다. 그러던 중 정형외과 병원에서 요양병원으로 옮겼을 때, 나처럼 횡단보도를 건너다 버스에 치인 아주머니를 만나게 되었다.

"그런데 자기는 나보다 더 많이 다쳤는데 버스기사가 뭐라고 사과했어? 많이 미안해하지? 무릎 꿇고 그랬어?"

무릎? 나는 무릎은커녕 가해자 얼굴도 모른다. 한 번도 나를 찾아온 적이 없다. 하다못해 전화통화를 한 적도 없다. 미안하단 말? 들어본 적 없다.

"나 사고 낸 버스기사는 다음날에 병원으로 꽃 들고 찾아왔던데? 미안하다면서 음료 세트도 사 오고."

어쩜 같은 버스기사인데 어쩜 이렇게 다를까. 재활 받느라 잊고 지냈던 버스기사에 대한 분노가 치솟았다. 도통 마음에서 화가 사그라질 생각을 하지 않았다.

사과 한마디 없는 버스기사 얼굴을 속으로 상상하며 때려도 보고, 옥상에서 밀어도 봤다. 하지만 아무리 용을 써도 몇 달 동안 마음에서 사라지지 않았다.

뉴스를 보면 가끔 사람을 차로 치고도 죽든 말든 내버려둔 채 도망가는 사람들이 보도될 때가 있다. 그런 비슷한 일이 나에게 일어날 줄은 몰랐다. 사고가 난 건 이미 되돌릴 수 없는 일이라 치더라도 도의적으로 사과는 해야 하는 거 아닐까.

물론 그 아주머니는 나와 경우가 조금 다르다. 아주머니는 큰 시내버스가 아니라 작은 마을버스에 치였고, 몇십 년간 무사고로 버스를 운전하시던 베테랑 버스기사가 출근 시간에 승차시간을 지키려고 급히 운전하다 낸 사고라고 했다. 때문에 아주머니는 골절된 곳 하나 없이 크게 다치지 않으셨고 한 달 만에 퇴원하셨다.

벌써 2년이 다 되어가지만 나는 여전히 버스 트라우마로 고생하고 있다. 일반 승용차나 오토바이도 문제지만, 특히 버스가 신호등 신호가 바뀌려고 할 때 어떻게든 빨리 가려고 휙 지나가버릴 때마다 깜짝 놀라 건너지 못한 적이 여러 번이다.

버스기사에 대한 불신도 생겼다. 버스가 횡단보도 쪽으로 달려오는 걸 볼 땐 심장이 쿵. 쿵. 쿵. 쿵 댄다.

'혹시 저 버스기사도 그러는 거 아니야?'

한동안 횡단보도를 잘 건너지 못했다.

'괜찮아. 괜찮아. 아무 일 없을 거야. 여긴 같이 건너는 사람도 많잖아.'

애써 속으로 수백 번 수천 번 외치며 건너지만 지금도 너무 무섭다.

다행인 건 사고 당시의 기억이 하나도 안 난다는 거다. 아무리 떠올려봐도 내가 왜 연고도 없고, 친구도 살지 않는 지역에서 버스에 치였는지 기억이 나지 않는다.

블랙박스를 보고 온 동생에게 어디쯤에서 사고가 났다고 듣긴 했지만, 거길 왜 갔는지 모르겠다. 한 달 동안의 기억이 통째로 사라졌으니 추측만 할 뿐이다.

사고 당시의 기억이 난다면 아마 평생 버스를 쳐다보지도, 타지도 못했을 거다. 횡단보도란 횡단보도는 죄다 피해 다녔을 거 같다.

정형외과 병원에서 만난 한 언니는 새벽에 택시를 타고 퇴근하다 사고가 났다고 한다. 뒷좌석에 앉아 있었는데 택시 앞 유리창을 뚫고 나갈 정도로 큰 교통사고였다고 한다. 언니는 사고에 대한 기억이 모두 남아있다고 한다.

차량끼리 부딪쳤을 때만 잠깐 기억을 잃고 부딪친 이후 바닥에 널브러진 자신의 모습도, 어떤 생각을 했는지도 기억한다고 했다. 좀 잊었으면 좋겠는데 도무지 잊히질 않아 잘 걷지도 못하는 몸을 이끌고 택시 대신 버스를 타고 대학병원으로 외래를 다녀왔다고 했다.

이미 벌어진 사고를 되돌릴 수는 없다. 하지만 나처럼 버스에 치인 아주머니의 가해자를 보며 '모든 버스기사가 다 내 가해자 같진 않구나' 라는 걸 알게 되니 더 가해자를 용서하기가 어려웠다.

결국, 그냥 직업이 버스기사인 거지 사람 그 자체의 '인성' 차이가 아닐까. 가해자라고 다 무릎 꿇고 사과하며 반성하는 것은 아니다.

가해자도 가해자 나름. 버스기사도 버스기사 나름이다. 나는 버스기사라는 직업을 가진 어떤 못된 사람에게 치인 것에 불과했다.

사고가 났다는 사실은 불행이지만 덕분에 직업과 사람 자체를 분리해서 볼 수 있게 되었다. 사람 보는 눈을 키우게 된 것 같아 감사하다.

누워서
트와이스 춤을

"4개월이나 누워 있었다고? 4개월 동안 지겨워서 어떻게 누워만 있어? 대단하다 진짜."

지겨웠던 건 맞지만 그렇다고 마냥 못 버틸 만큼 지겨웠던 건 아니었다. 나만의 나름의 노하우가 있었다. 아주대 병원엔 병실에 텔레비전이 없었지만 그 이후의 병원에는 텔레비전이 있었다. 하지만 아직 골반이 다 붙지 않아 누운 채로 텔레비전을 보기엔 자세가 영 불편했다. 그래서 엄마에게 이어폰을 가져다달라고 부탁해 핸드폰으로 노래를 듣기 시작했다.

처음부터 트와이스의 팬은 아니었다. 초등학생 때 지오디(god)를 열렬히 좋아한 이후 내 마음에 불을 지핀 아이돌은 없었다. 그냥 요즘 유행하는 노래가 뭐 있는지 아는 정도였지 누굴 이렇게까지 좋아한 적은 없었다.

트와이스를 발견한 건 정말 우연이었다. '신나는 노래, 힘을 주는 노래'를 검색하니 유튜브 알고리즘이 나를 트와이스로 이끌었다. 우연히 보게 된 트와이스의 'Dance the night away.' 그날 이후 난 트와이스에 빠져 자는 시간 빼고 온종일 트와이스 노래만 듣기 시작했다.

예쁜 애 옆에 예쁜 애인 것도 감사한데, 무엇보다 밝은 노래가 많고, 의상도 세련되고 안무도 잘 짜여있어서 그야말로 보는 맛이 있었다. 게다가 힘을 주는 가사까지, 이 모든 게 삼위일체가 되어 내 가슴을 뛰게 했다.

인스타 속 친구들의 럽스타그램, 여행스타그램을 볼 때마다 '나는 이게 뭔가, 나는 왜 답답한 병원에 누워 있어야만 하는가?' 자괴감이 들어 너무 슬펐다. 병실 사람들이 위로해주긴 했지만, 한때일 뿐이라 도무지 나아지지 않을 땐 트와이스 노래를 들으며 현실을 잊곤 했다.

누운 채로 깁스를 푼 오른팔만 움직여 안무를 따라 추다 보면 나름 스트레스가 풀렸다. 나도 모르게 기분이 좋아졌다. 오죽 많이 봤으면 안무를 외울 지경이었다. 남들이 보기엔 '저 환자는 미쳤나?' 싶겠지만 나에겐 일종의 지겹고 답답한 현실을 유쾌하게 극복할 수 있는 방법이었다.

트와이스 사랑은 요양병원으로까지 이어졌다. 요양병원의 기상 시간은 새벽 5시. 5시가 되면 간호사가 혈압과 체온을 재러 병실에 들어온다. 나는 얼른 혈압을 재고 옥상에 올라가 댄스 타임을 갖는다. 'cheer up'부터 'feel special'까지 11곡에 맞춰 몸을 흔들다 보면 잠이 확 달아난다. 등에 맺힌 땀방울이 시원한 옥상 바람에 날아가면서 어제의 안 좋은 기억도 말끔히 사라졌다.

한번은 트와이스 영상을 보며 샤워를 했는데, 샤워를 마치고 돌아오는 길에도 흥이 가라앉질 않았다. 병실에 도착한 줄도 모르고 계속 춤을 췄다. 무대 영상 속 트와이스처럼 표정도 짓고 노래도 따라 부르면서 춤을 췄는데, 그 모습을 보고 할머니들이 "아이고 잘한다 잘한다! 더 해봐" 라고 박수를 치며 부추겼다. 그날 이후 나는 701호 할머니들의 재간둥이가 되어 전국노래자랑이 방영되는 일요일이면 트로트에 맞춰 할머니들과 노래도 부르고 춤도 췄다.

몸이 아프다 보면 마음까지 축축 처질 때가 있다. 사람마다 취향은 다르겠지만 나의 경우 밝은 트와이스 노래가 잘 맞아서 덕분에 좋은 에너지를 갖고 병원생활을 이어나갈 수 있었다. 나중엔 노래를 넘어 트와이스란 그룹이 너무 좋아서 인스타로 공식 계정을 팔로우했고, 팬클럽 모집을 할 땐 지원해볼까 고민한 적도 있다.

퇴원한 요즘도 아침마다 트와이스 무대 영상을 보며 샤워를 하고 머리를 말리고 밥을 먹는다. 사실 나는 마음에 걸리는 일이 있으면 쉽게 떨쳐버리지 못하고 계속 마음속에 담아두고 곱씹는 편이라 마음이 힘들 때가 많다. 노력해봐도 안 될 땐 트와이스 노래를 무한 반복으로 듣는다. 처음엔 우울해서 누워 있다가도, 계속 듣다 보면 나중엔 입으로 따라 부르고, 또 나중엔 일어나서 춤을 따라 추고 있는 나를 발견하게 된다.

　서른 넘은 여자가 무슨 아이돌이냐고 생각할 사람도 있을지 모른다. 그런데 뭐 상관없지 않을까. 내 인생에 축 처져 있는 기분을 업 시켜줄 '텐션 유발 아이돌' 하나쯤 있는 것도 감사할 일이다. '사바사 케바케' 이니 트와이스가 아니어도 각자 본인에게 맞는 가수나 아이돌 하나쯤 알아두고 기분전환 겸 듣는 것도 우울함을 극복할 수 있는 하나의 방법일 수 있다.

　내가 힘든 병원생활을 버틸 수 있었던 8할은 트와이스 덕분이었다. 나중에 기회가 된다면 사인도 받고 같이 사진도 찍고 싶다. 트와이스는 버스에 치여 전신이 골절돼 1년 반 동안 병원생활을 했던 누군가에게 엄청난 힘이 됐다는 걸 알까? 지금처럼 건강하고 밝은 모습으로 오래오래 활동해줬으면 좋겠다.

'괜찮은 척' 가면은
이제 쓰지 않아도 괜찮아

"내 우울한 모습을 보면 친구들이 다 날 떠나갈 거야."

꽤 오랜 기간 우울증을 앓아왔던 나는 사람들 앞에서 늘 조마조마했다. 가족이라는 안전지대가 늘 불안정하니 친구들마저 없어지면 영영 혼자일지도 모른다는 불안감이 있었다. 우울증으로 가장 힘든 건 '나'인데, 우울함이 티 나지 않도록 가장 애쓰는 것도 '나'였다.

특히 직장에서는 더 심했다. 신입사원은 응당 항상 밝고 싹싹해 보여야 한다는 강박관념이 있었다. 그게 사회생활이고 신입은 당연히 그래야 되는 줄 알았다. 상사에게 우울한 사원이라고 낙인 찍히고 싶지 않았고, 그저 같이 일하는 사람들 아무도 모르게 직장생활을 하고 싶었다.

'계약직 1년 후 정규직 전환'이라는 입사 조건도 나를 옥죄었다. 근무시간 내내 불안과 우울함이 새어나가지 않도록 긴장하며 9시간을 버텼다. 얼마나 억지로 웃고 있었는지 퇴근 후엔 입꼬리가 아팠고 가끔 야근이라도 하는 날에는 자취방에 돌아오면 목부터 발까지 쥐가 났다.

나는 최대한 막아본다고 막아봤지만, 나중에 친구에게 우울증을 고백했을 때 친구는 이미 어느 정도 눈치 채고 있었다고 했다. 지금 생각해보니 너무 조심성 있게 살아온 게 아닌가 싶다. 우울증이 어디 감춘다고 내 맘대로 감춰지는 것인가. 나의 본 모습인 '본캐'는 넣어두고 척하는 '부캐'로 살아간다는 건 연기를 하는 것과도 같았다.

참 열심히도 '괜찮은 척'이라는 가면에 나를 숨기고 살아왔다. 괜찮지 않아도 '괜찮아', 친구가 심한 농담을 해도 '괜찮아', 새벽 3시에 끝나는 회식 자리에서도 '괜찮습니다'를 말하며 살아왔다. 처음엔 사람들이 나를 싫어하게 될까 봐

두려워 노력한 건데, 입에 닳도록 붙은 '괜찮아'는 습관이
되어버려 내가 진짜 괜찮은 건지, 괜찮은 척을 하고 있는
지도 헷갈릴 지경이었다.

그러던 내가 생사의 기로에 서게 되면서 더 이상 괜찮은
척 노력을 하지 않았다. 아니 할 수 없었다. 당장 내가 아
파 죽을 것 같은데 남의 시선? 신경 쓸 여유가 없었다. 무
통 주사를 아무리 맞아도 그걸 뚫고 들어오는 고통 앞에서
괜찮은 척 해봤자 뭔 소용이란 말인가. 내가 괜찮은 척 하
면 의사가 무통 주사를 뺄 거 아닌가.

요양병원에 유독 나에게만 먹을 걸 챙겨주는 중년의 아
저씨가 있었다. 처음엔 그저 딸 같은 자식에게 호의를 베
푸는 거겠지 싶었는데 점점 강도가 심해졌다. 여자 병실에
들어와 먹을 걸 놓고 가기도 하고, 몰래 간호사 눈을 피해
병원 밖에 나가 치킨을 사오지 않나, 또 한번은 내게 립스
틱을 사주고 싶다며 립스틱 취향을 물어본 적도 있다.

그때까지만 해도 아저씨가 지나치다는 생각은 했지만,
괜히 불편한 관계를 만들고 싶지 않아 "저는 괜찮아요" 라

며 돌려보냈다. 눈치를 주면 아저씨가 알아서 그만하지 않을까 싶어 가끔 썩소를 날려주었는데도 아저씨는 계속해서 날 찾아왔다.

그러던 중 요양병원에서 가장 어렸던 나에게 아주 잠깐 나보다 어린 21살 환자 동생이 생긴 적이 있었다. 교통사고로 한 달 정도 입원해 있었던 현이 씨는 할머니들만 보며 몇 달을 살아왔던 내게 참신했달까, 새로웠다. 가끔 밤에 이어폰을 안 끼고 노래를 듣거나 라면을 먹고 바닥에 그대로 던져 놓을 땐 눈살을 찌푸리게 했지만, 나는 현이 씨를 좋아했다. 정확히 말하면 현이 씨의 당돌하지만 일리 있는 말들을 좋아했다.

하루는 다른 병실 할머니가 간병인과 싸운 적이 있었다. 성격이 괴팍한 할머니는 그날도 대변을 보고 간병인에게 엉덩이를 맨손이 아니라 비닐장갑을 끼고 닦아준다며 화를 내고 있었다. 이게 뭔 소리야 싶겠지만 그런 사람도 있더라. 뇌졸중으로 쓰러졌을 때 다친 뇌 부위가 감정 조절을 담당하는지 모르겠지만 그날도 평소처럼 말도 안 되는 억지를 부리며 간병인을 잡고 있었다.

복도가 떠나가라 소리를 지르는데 그 소리가 멀리 떨어진 우리 병실까지 들릴 정도였다. 다들 시끄럽긴 했지만 애써 싸움에 끼고 싶지 않은 눈치였다. 서로 눈치만 보고 있는데 그때 현이 씨의 목소리가 들렸다.

"아, 시끄러워요!"

그리고 이어지는 현이 씨의 한마디,

"말을 해줘야 알아먹지. 시끄러운지 말 안 하면 계속 몰라."

그 말을 듣는 순간 머리를 한 대 세게 얻어맞은 것 같았다. 왜 나는 그동안 싫으면 싫다, 하기 싫으면 하기 싫다, 불편하면 불편하다 말을 못 했을까. 아니면 아니라고 표현을 해야 사람들이 안다는 걸 몰랐다. 눈치를 주면 알겠지 싶었고, 명확히 말로 내 생각을 전달해야 한다는 걸 몰랐다. 똥멍청이 같이.

어떻게 하면 사람들에게 밉보이지 않을까 전전긍긍하며 "괜찮아요"를 입에 달고 사는 내가 한심하게까지 느껴졌다. 가장 중요한 건 남이 아니라 나인데 정작 나는 내 마음은 무시하고 남의 마음에만 거슬리지 않도록 애쓰며 살고 있었다. 그 아저씨 때문에 가장 힘든 건 나인데, 나를 힘들게 하는 그 사람을 배려하느라 정작 나 자신은 방치하고 있었다.

그날 이후 나는 그 아저씨에게 불편하다고, 싫다고, 더이상 찾아오면 간호사에게 얘기할 거라고 말하기 시작했다. 비록 아저씨의 행보는 나에게서 지나쳐 뒷이야기에 나올 정이 언니에게 이어졌지만, 어쨌든 더 이상 나를 괴롭히지 않았다.

직장인이라면 회사에 있는 9시간을 벗어나 집에 돌아와 가면을 벗어던질 수 있다. 하지만 병원은 살을 부대끼며 24시간 함께 생활을 해야 할 공간이다. 오늘도, 내일도, 모레도 계속 얼굴을 보며 살 사람들에게 억지로 내 마음은 무시하고 괜찮은 척 연기할 수 있다고 생각한 건 자만이었던 것 같다. 온종일 봐야 하는 사람들 앞에서 '괜찮은 척' 연기하는 건, 아무리 연기를 잘하는 고두심이 와도 못할 일이다.

'괜찮은 척' 가면은 이제 쓰지 않아도 괜찮아

우울증으로 가장 힘든 건 '나'인데
우울함이 티나지 않도록 애쓰는 것도 '나'였다.
가면을 벗어던지니
나 혼자 있을 때의 나도 편해졌고
사람들을 대하는 나도 편해졌다.
내 마음이 편하니 사람들을 더 진솔하게 대할 수 있게 됐다.
억지로 괜찮아하지 않아도 괜찮다.
나는 원래 모습 그대로도 충분히 괜찮은 사람이니까.

물론 지금도 가끔 '괜찮은 척' 가면을 쓸 때가 있다. 후유증으로 몸에 파스를 붙이는 나를 엄마가 걱정스러운 눈길로 쳐다볼 때, 친구들과 카페에 갔는데 "너는 손이 아프니깐 내가 들게" 라며 아메리카노와 케이크를 올린 받침을 대신 들려고 할 때도 나는 다시 가면을 쓰곤 한다.

참 억지스러웠던 것 같다. 가면 뒤에 숨어 어떻게든 꼬투리 잡히지 않으려 애쓰던 내가 안쓰럽기까지 하다. 경직된 어깨와 떨리는 입꼬리를 사람들이 몰랐을 리 없다. 오래 봐온 사람들에겐 나의 긴장이 어떻게든 티가 났을 거다.

그날 이후 가면을 쓰는 날이 적어졌다. 우울하면 우울하다, 싫으면 싫다, 안 되면 안 된다고 표현하기 시작했다. 물론 밑도 끝도 없이 징징거리진 않는다. 적어도 이런저런 이유 때문에, 이런 상황이라 힘든데 어떻게 하면 마음이 편해질 수 있을까? 라고 물어본다.

돌이켜보면 늘 입에 "괜찮아" "상관없어" "너 먹고 싶은 거 먹자" 라는 말을 달고 살았다. 왜 한 번이라도 "난 이게 더 좋은 것 같아" "그건 좀 힘들 것 같은데" "난 안 돼" 라는 말을 못했을까. 상대 마음이 상할까 봐, 관계가 불편해질까 봐 전전긍긍하며 나 자신은 정작 배려하지 못했다.

예전엔 나의 본 모습을 알게 되면 사람들이 떠나갈 거라고 생각했다. 그런데 오히려 솔직하게 드러낸 이후부턴 오히려 인간관계가 더 좋아졌다.

우울증이 있지만 어떻게든 이겨내려고 노력하는 모습을 보며 응원해주는 사람도 있고, 불안한 모습에 과거의 자신과 동질감을 느끼고 아낌없는 조언을 해주는 사람도 생겼다.

물론 싫어하는 사람도 있다. 우리의 삶에 프로불편러 하나쯤은 있다. 어떻게 모든 사람한테 사랑받을 수 있을까. 모든 사람이 나를 좋아하는 건 불가능하다. 심지어 아무리 이미지 좋은 연예인에게도 안티가 있다.

개중에는 본인의 현재 상황이 불만족스러운데 저 사람은 나보다 잘나가고 여유 있어 보이니깐 부럽기도 하고, 동시에 자격지심도 느껴져 나를 싫어하는 사람도 있다.

그런데 그 사람들이 내 삶에 얼마나 중요할까. 나를 잘 알지도 못하면서 내 삶의 단면만 보고 이러쿵 저러쿵 판단하는 사람들에게 상처받기 싫다고 괜찮은 척 해야 할까. 하루 종일 쓰고 있기엔 마스크만큼이나 '괜찮은 척' 가면도 답답하다. 가면 쓰는 건 회사에서나 사회생활 할 때나 쓰는 것만으로도 충분하다.

가면을 벗어던진 지금은 나 혼자 있을 때의 나도 편해졌고 사람들을 대하는 나도 편해졌다. 내 마음이 편하니 사람들을 과거보다 더 진솔하게 대할 수 있게 됐다. 내가 나의 마음을 더 알아주고 위해주니 굳이 나를 내치지 말아달라며 매달리지 않아도 됐다. 억지로 괜찮아하지 않아도 괜찮다. 나는 나의 원래 모습 그대로도 충분히 괜찮은 사람이니까.

7개월 코로나 감옥에서도
감사할 일은 있어

걸음마 연습을 마친 후, 수원을 벗어나 안양의 한 재활요양병원으로 옮겼다. 아장아장 걸어다닐 수 있는 어린이가 된 나에겐 또 다른 성장을 위한 고통이 기다리고 있었다.

'이왕이면 좋게 생각하자. 어쩔 수 없는 건 그러려니 하고 넘어가자' 라며 작은 일들은 긍정적으로 이겨내며 병원 생활을 하고 있던 나에게도 힘든 시기가 있었다. 바로 코로나다. 전 국민 누구나 힘들지만, 내가 겪은 코로나는 감옥 생활 그 자체였다.

2019년 말부터 점점 조짐을 보이다가 2020년 초 전국에서 코로나가 팡팡 터지자 내가 입원했던 요양병원도 정부의 강력한 방침이 내려졌다.

외출 금지 / 외박 금지 / 면회 금지

원래 요양병원 자체가 외출도 제한적이고, 외박도 한 달에 고작 두 번만 가능한데 지금은 아예 금지라니! 게다가 면회까지 안 된다니!

깁스는 풀었지만 팔을 턱 위로는 들 수 없던 나는, 엄마의 도움으로 2~3일에 한 번씩 머리를 감을 수 있었다. 병원 내에 세탁기는 있었지만 드럼이 아닌 통돌이 세탁기여서 키도 작고 팔을 들 수 없었던 나는 죄송하지만 할 수 없이 엄마 편에 빨래를 맡겼다.

'그냥 간병인을 쓰면 되지' 라고 생각할 수 있겠지만, 간병인 비용을 금수저가 아닌 우리집 형편상 계속해서 감당할 수 없었다. 아빠는 간이식 수술로 2년 동안 휴직하셨고, 엄마도 병간호를 위해 1년 동안 일을 못 하셨는데, '후 청

외출금지·외박금지·면회금지

정부 방침이 내려온 이후
장장 7개월을 내리 병원 안에서만 갇혀 지내야만 했다.
핸드폰을 열어 '그나마' 감사할 만한 점들을
억지로 찾아 적어보았다.

구 및 비용 지급'이라는 보험사의 특성상 우리집 돈으로 적지 않은 간병인 비용을 모두 부담해나가기 버거웠다. 그래서 요양병원으로 옮기면서는 간병인을 쓰지 않는 무간병실에 입원했다. 그때부터 본격적으로 고난이 시작되었다. 안 올라가는 팔로 머리를 감느라 제대로 헹구지 못해 머리엔 또 다시 비듬이 생기기 시작했고, 다른 병실 간병인에게 겨우겨우 부탁을 해가며 빨래를 했다.

하지만 그것보다 힘들었던 건 자유로이 밖에 나가지 못한다는 답답함이었다. 정부 방침이 내려온 이후 장장 7개월을 내리 병원 안에서만 갇혀 지내야 했다. 오죽했으면 친구들에게 이렇게 하소연할 정도였다.

"다 필요 없고 제발 건물 밖 땅 한번 밟아보는 게 소원이야!"

그나마 옥상이 있었는데, 감기에 걸린 후로는 간호사가 그마저도 못 가게 하는 통에 바깥바람을 전혀 쐬지 못했다. 그 전엔 옥상에 올라가 트와이스 노래를 들으며 신나게 걷기 연습을 하며 그간 쌓인 스트레스를 풀곤 했는데,

이제 내가 쐴 수 있는 바깥바람이라곤 다 열지도 못하는 창문으로 겨우 들어오는 모기향 연기 같은 바람뿐이었다.

엎친 데 덮친 격으로 버스에 치인 충격으로 약해진 이가 깨지면서 썩어들어가고 있었다. 몇날 며칠을 밥도 제대로 먹지 못하고, 잠도 잘 못잔 통에 점점 예민해져 갔다. 귀 수술 후에도 사라지지 않는 이명 역시 문제였다. 1인실이라면 상관없겠지만, 할머니 환자분들과 여럿이 지내는 병실에서는 크고 작게 부딪치는 일들이 생겼다.

할머니들의 유일한 낙은 텔레비전을 보는 것인데, 귀가 어두운 할머니들이 계속 텔레비전 소리를 키웠다. 병실 밖 복도까지 울리는 소리를 아침부터 잠들기 전까지 온종일 듣고 있자니, 텔레비전 소리가 이명 소리와 겹쳐 귀가 울리고 머리가 아팠다.

복도에 나와도 있어 보고, 어떻게든 신경을 덜 쓰려고 노력을 했는데도 한번 심해진 이명은 좀처럼 나아지지 않았다. 환경을 바꾸는 것 말곤 답이 없는 것 같았다. 간호사에게 하루에 두 시간이라도 좋으니 텔레비전을 껐으면 좋겠다고 말씀드렸다. 간호사가 병실에 와서 분명 모든 상황을 설명하고 텔레비전을 껐는데, 한 아주머니가 "간호사들이 쟤만 감싸고 돌아~" 라며 대놓고 다른 할머니한테 내 욕을 했다. 그 말을 듣는 순간 그간 쌓여있던 서러움이 폭발해 눈물이 미친 듯이 쏟아지기 시작했다. 이명에, 치통에, 밖에 나가지 못하는 답답함에 다른 환자들에 대한 섭섭함까지 폭발했다.

'아니 내가 이렇게까지 여기 있어야 하나? 정말 너무 힘들다. 재활이고 뭐고 다 때려치우고 나갈까?'

그날은 공용화장실 뒤편 문을 열면 나오는 적재물 보관실이 나의 대나무숲이었다. 적재물 보관실은 환자들이 싼 똥 기저귀, 피가 묻은 솜 등을 봉지에 담아 잠시 보관해두는 곳이다. 더럽고 말고 상관없었다. 아무도 오지 않는 곳에서 마음껏 소리 내 울고 싶었다.

사실 나는 그나마 걸을 수 있는 환자였지만, 뇌졸중으로 병원을 찾아온 환자 대부분은 잘 걷지 못했다. 휠체어를 탈 수밖에 없는 그들에게 나는 부러움의 존재이자, 질투의 대상이었던 것 같다. 걷는 게 소원인 환자들 앞에서 '나 힘들다며' 투정 부릴 수는 없었다.

핸드폰도 잘하지 못해 텔레비전 보는 게 유일한 낙인 할머니들 앞에서 울기가 죄송스러웠다. 신기하게도 신나게 펑펑 울고 났더니 '서러움'이라는 풍선에 바람이 빠지듯 마음이 차분해졌다.

코로나 때문에 마음대로 밖에 나갈 수도 없었고, 나가려면 퇴원을 하는 수밖에 없었다. 퇴원했다가 코로나 검사후 다시 입원을 해야 하는데 나같은 버스 교통사고의 경우한 번 퇴원을 하게 되면 주치의의 '수술을 할 정도로 위급한 상태'라는 소견서를 받아 제출해야 한다고 한다.

생명이 위급할 정도의 큼직큼직한 수술은 끝난 상태였기 때문에 나는 어쩔 수 없이 참고 병원에 붙어있을 수밖에 없었다. 사실 너무 어이없지만 규정이 그렇단다. 그래서 병원에서 살기 위해 억지로 부정적인 생각을 바꿔보려 애를 쓰기 시작했다. 핸드폰을 열어 '그나마' 감사할 만한 점들을 억지로 찾아 적어보았다.

- 그래도 병원에 창문이라도 있어서 다행이야. 그리고 코로나가 터지기 전에 귀 수술을 받길 진짜 잘한거 같애.

- 아직 손은 재활을 더 받아야 하지만 하체는 완치를 받아서 걸을 수 있으니까 너무 좋아.

- 손 재활이 잘 되고 있어서 친구들하고 카톡으로 수다 떨 수 있어서 감사해.

- 아빠가 수술이 다 끝나고 나서 내가 사고 난 게 정말 다행이고 내가 초록불에 잘 맞춰서 건너고 있었기 때문에 나중에 보상을 모두 받을 수 있어서 얼마나 다행인지 몰라.

- 그 아줌마가 욕해서 짜증나긴 해도 우리 방 간병인이 내 편 들어줘서 너무 고마운 것 같아.

- 바뀐 주치의도 예전 주치의 같지 않고 매일매일 회진을 와줘서 감사해.

- 병원 밖 사람들은 못 만나지만 병원 안에서도 다양한 사람들을 만나서 배우는 점이 많은 것 같아. 내가 언제 99살 할머니를 만나보겠어?

- 난 내가 아무것도 못 해내는 무능력자라고 생각했는데, 이렇게 버스에 치이고도 살아낸 걸 보면 어쩌면 나는 강한 사람일지도 몰라.

- 교통사고가 난 건 불행한 일이지만 그래도 자신감을 갖게 된 건 감사한 일인 것 같아.
- 무엇보다 앞으로 가치를 어디에 두며 살아가야 할지 알게 돼서 감사해.
- 너무 힘들지만 생각해보니 다행인 일도 많고, 감사할 일도 많네?
- 앞으로도 이보다 더 불행한 일이 있을 수 있고, 더 힘든 일이 찾아올지도 모르지만 이번 일을 기억하면서 너무 좌절해서 울고만 있지 않고 다시 원래 페이스대로 예전보다 잘 돌아올 수 있는 내가 됐으면 좋겠다.

우울증이 최고조에 달했을 땐 세상 모든 게 불만이었다. 나 자신이, 상황이 불만족스러우니 모든 게 삐딱하게 보였다. 원하는 대학교, 원하는 회사에 착착 붙은 데다, 엄마 아빠의 예쁨까지 받는 동생에 대한 자격지심이 심했다. 한때는 동생이 위로의 말을 건네도 '너는 잘되니깐 그렇게 말하는 거지' 라며 부정적으로 받아들였다. 마음에 여유가 없었다.

불행만 이야기한다고 달라지는 건 아무것도 없었다.
그냥 살려고, 내가 살아야 하니깐
내 마음이 편해야 살 수 있으니깐 억지로
'그나마' 감사한 것들을 적기 시작했다.
그러다 보니 차츰 밑바닥이라고 생각했던 상황에서도
감사한 일이 하나둘 찾아지기 시작했다.

그랬던 내가 지금은 '너는 워낙 긍정적이고 잘 웃어서 어디를 가든 잘할 거야' 라는 평가를 받는다. 하루아침에 전신이 골절되고, 제한된 공간에서 서로 다른 배경을 가진 사람들과 살아야 했다. 몸도 아픈데 맞지도 않는 사람들과 지내다 보면 짜증나 죽겠는 순간들이 연속으로 펼쳐졌다.

감기가 나아 옥상에 올라가도 된다는 주치의의 허락을 받고, 겨울이 지나 봄이 돼서야 몇 달 만에 옥상에 올라갔다. 4월. 밝은 핑크빛 벚꽃이 만발해 있고 공원에는 강아지가 뛰어놀고 있었다.

"아… 부럽다. 나도 뛰어놀고 싶다."

라푼젤이 왜 높은 성에서 머리까지 길러가며 탈출했는지 알 것 같았고, 구치소에 갇힌 사람들이 왜 출소하는 날만을 그렇게 기다리는지 알 것 같았다.

부러워만 한다고 내 상황이 달라지진 않으니 내 상황 속에서 그나마 좋은 것들을 찾았다. 옥상 화단에 유일한 나무 한 그루에 분홍색 꽃이 피어 있었다. 벚꽃은 아니었지만 이 꽃이라도 볼 수 있어 다행이다 싶어 사진을 찍어 인스타그램에 이렇게 적어 올렸다.

#병원에도_봄이_왔어요
#내년봄은_얼마나_좋아지려고
#올해는_옥상으로_만족하자
#외출금지만_70일째
#두고봐_내년봄엔_미친듯이_놀거야

예전에 가수 이효리가 예능 〈효리네 민박〉에 나온 일반인 출연자에게 이런 말을 한 적이 있다.

"서울에 사나, 제주에 사나, 그 어느 좋은 데에 살아도 마음이 지옥 같은 사람이 많더라고. 어디에 사느냐, 어떻게 사느냐가 중요한 게 아니라 내가 있는 곳 그 자리에서 만족하는 것이 중요해."

나도 이 말에 동의한다. 아무리 좋은 환경에 있어도 마음이 불만으로만 가득차 있으면 그 사람에겐 그 좋은 환경이 지옥이 된다. 병원 밖에서 자유롭게 돌아다닐 수 있는 사람 중 그나마 마스크라도 끼고 돌아다닐 수 있다는 게 다행이라고 생각할 사람이 몇이나 될까. 아마 요양병원에서 코로나 확진자가 대거 나왔다는 뉴스를 보기 전까지 그것까진 생각하지 못한 사람들이 더 많을 거다. 지금도 요양병원엔 수많은 환자들이 몸도 제대로 못 가누면서 24시간 마스크까지 끼고 생활하고 있다.

그날 상황은 누가 봐도 어느 날 갑자기 버스에 치이고 코로나 감옥에 갇혀 70일 동안 밖에 나오지 못한 불행한 상황이었지만, 감사할 거리를 찾아 만족으로 마음을 전환한 행복한 하루였다.

나이도 마음 먹기 나름,
99세 봉 할머니 이야기

병원생활을 하다 보면 도리어 나보다 더 몸이 불편하고 아픈 환자들에게 위로를 받고 배울 때가 많다. 요양병원의 최고령 99세 봉 할머니가 그랬고, 몸은 불편하지만 언제나 진심으로 사람을 대했던 정이 언니가 그랬다.

봉 할머니는 내가 만난 환자분들 중에 가장 긍정적인 분이었다. 99세라는 고령의 나이에 재활하는 것만으로도 힘들 법 한데 치료실에서 나를 만날 때마다 항상 밝은 얼굴로 먼저 인사를 건네며 덕담을 해주셨다.

"너는 항상 웃는 얼굴이라 통~통하니 복 많이 받게 생겼어."

할머니께 힘들지 않냐고 물어보면, 살아 있을 때 건강하게 살려고 이렇게 열심히 운동한다고 하셨다. 농담 삼아 다른 할머니들 제치고 여기 병원에서 본인이 일등할 거라며 껄껄 웃으셨다. 할머니는 농땡이 한 번 안 피우시고 정말 너무 아픈 경우 외에는 항상 치료실에 나오셨다.

할머니는 이 병원이 마음에 든다고 하셨다. 시설도 깨끗하고 치료사들도 너무 좋다고 했다. 사실 봉 할머니가 계신 병실은 기저귀를 차는 환자들이 가장 많은 곳이었다. 게다가 성격이 괴팍한 할머니가 계셔서 그 병실을 거쳐 간 간병인만 여럿이었다. 그런 병실에 계시면서도 봉 할머니는 항상 이 병원이 최고라고 말씀하셨다.

이런 말을 들을 때면 반성을 하게 됐다. 객관적으로 봐도 새로 지은 건물에, 벽지가 채 마르지도 않은 것 같은 개원한 지 얼마 안 된 깨끗한 병원에 있으면서도 이따금 병원에 대한 불만이 목구멍까지 차오를 때가 있었기 때문이다. 아마 할머니의 눈에도 단점이 안 보이는 건 아닐 거다. 오래 살아온 세월만큼 혜안 깊은 할머니의 눈에는 장단점이 누구보다 또렷이 보일 테지만, 그래도 이왕이면 좋은 점을 보려는 태도가 99세까지 건강하게 장수하신 비결이 아닐까 싶다.

봉 할머니는 나이가 제일 많지만, 제일 어린 나와 말이 가장 잘 통한 환자 중 한 명이었다. 할머니와의 대화 주제는 폭넓었다. 일본과 우리나라의 역사 문제에 대해 이야기를 나누기도 했는데, 할머니는 일본 망할 때까진 살아 있을 거라며 의지를 불태우셨다. 한번은 요즘 이슈가 되고 있는 미세먼지에 대해 알려드렸더니, "또 하나 배웠네~ 사람은 늙기 전까지 배워야 해" 라며 연신 고마워하셨다. 젊은 치료사들과 농담을 주고받으며 웃으시는 모습을 볼 때면, 99세가 아니라 내 또래 친구들이랑 이야기를 나누는 것 같다. 그런 봉 할머니가 나에게 늘 하시는 말씀이 있었다.

"젊은 사람들이 요즘에 얼마나 힘들어~ 근데 행복해야 해. 우리 때처럼 살지 말고 그저 행복하게 살면 돼. 예전부터 병원에 젊은이들 보면 꼭 말해주고 싶었어."

봉 할머니가 보시기에도 요즘 젊은이들이 힘들어 보이

나 보다. 티비를 틀면 나오는 취업난을 할머니가 못 봤을 리가 없다. 그런 청년들에게 아무리 힘들어도 행복해야 한다는 말이 99세 봉 할머니가 부탁하는 당부이다. 이런 봉 할머니가 있지만, 70대 초반의 나이인데도 하루에도 몇 번씩 "내가 죽어야지. 이 몸으로 살아서 뭐하나"를 늘 입에 달고 사시는 분도 있었다. 그분은 늘 불만만 늘어놓으셔서 같은 병실에 있는 사람조차 지치게 했다.

이럴 땐 나이도 마음 먹기 나름이란 말이 생각이 난다. 똑같이 나이를 먹어가는 데도 누구는 긍정적으로 삶을 대하고 누구는 불만에만 젖어 있다. 나도 그랬었다. 아무리 원서를 넣어도 붙지 않은 이력서를 보며 자조적인 생각에만 젖어 있었다.

'내가 지원을 해봤자 뭐하나. 붙질 않는데. 공부를 왜 그렇게 열심히 했을까. 써먹지도 못하는데… 공부 열심히 한 노력이 너무 아까워.'

오죽 힘들면 저런 생각을 할까 싶을 때도 있지만, 짜증만 낸다고 상황은 달라지지 않는다. 봉 할머니도 마찬가지일

105

거다. 한탄만 한다고 노쇠해진 몸이 되돌아오지도 않고, 그렇다고 병원에서 나갈 수도 없으셨을 거다.

그러다 불만만 늘어놓는다고 해서 상황이 바뀌지 않으니, 같은 환경 속에서라도 이왕이면 긍정적인 면을 보기 시작하셨던 것 같다. 내가 감사한 것들을 적기 시작했던 것처럼 말이다.

정이 언니는 내가 병원 내에서 유일하게 속내를 터놓을 수 있었던 환자였다. 나와 띠동갑 차이인 정이 언니는 편마비라 잘 걷지 못했다. 내가 "언니~ 정이 언니!" 라고 부르면 몸을 지팡이에 의지한 채로 걷기 연습을 하다 고개를 들어 생긋 웃으며 내게 인사를 해줬다. 난 언니의 항상 웃는 얼굴과 말투가 예뻐서 참 좋았다. 내가 "언니~ 파이팅!" 이라고 외치면 언니가 "고마워~ 나도 열심히 해볼게" 라고 대답할 때마다 나까지 기분이 좋아졌다.

언니가 아픈 뇌 부위는 생각을 말로 내뱉기 전 한 번 더 생각을 해보고 거를 수 있는 기능을 담당한다고 한다. 정확히 그 부위가 어느 부위인지는 모르지만, 나중에 정이 언니와 나를 함께 담당하는 치료사 선생님이 해준 말로는 정이 언니는 '있는 그대로 솔직하게' 말을 할 수밖에 없다고 했다. 그런 언니가 한번은 내게 이런 말을 한 적이 있다.

"있잖아. 나는 네가 점점 좋아져."

기능적으로 거짓말을 할 수 없는 언니가 해준 이 말 한마디가 내게 얼마나 큰 힘이 됐는지 모른다. 내 편은 아무도 없는 것 같은 병원에서 누군가가 나를 좋아하고 내게 고맙다, 예쁘다고 해주는 말들이 모두 솔직한 진심이라는 걸 알게 됐을 때, 어느 누가 의례적으로 백 마디 칭찬해주는 것보다 더 힘이 됐다.

그 말을 들은 이후로 나는 더 자주 언니에게 찾아가 대화를 나누고, 혼자서는 잘 걷지 못하는 언니를 데리고 옥상에 산책하러 올라가기도 했다. 언니는 그런 내가 고마운 듯 내가 과자 하나를 주면 언니는 꼭 요플레 하나를 가져다줬다. 잘 걷지도 못하면서 내게 요플레를 가져다주겠다고 걸어왔을 걸 생각하면 마음이 시려왔다.

남을 배려하고 감사할 줄 아는 언니의 따뜻한 마음이 참 좋았다. 거짓 없이 진솔하게 누군가를 대하는 것, 누군가를 진심으로 위해주고 아끼는 태도가 사람의 마음을 이끈다는 걸 언니를 통해 배웠다.

퇴원 후에도 1~2주에 한 번씩은 통화하며 안부를 물었다. 그리고 두 번 정도 언니를 보러 병원에 찾아간 적이 있었는데 코로나라 면회가 금지되어 치료사 편에 선물만 전달했다. 오른손잡이였던 언니는 오른쪽 마비가 생겨 새로 왼손으로 글씨 쓰는 연습을 했는데, 항상 쬐끄만 다이어리에 겨우겨우 적고 있는 모습이 안쓰러웠다. 그래서 서점에서 큼지막한 손글씨 연습책과 색 볼펜, 그리고 언니가 좋아할 만한 과자 몇 개를 사서 올려보냈다.

수술하러 언니가 고향으로 내려갔다고 들은 이후 연락이 닿지 않아 걱정이다. 내가 선물해준 손글씨 연습책은 다 했는지 궁금하다. 정이 언니가 그 누구보다 건강했으면 좋겠다. 순수하고, 밝고, 투명한 마음을 가진 언니와 언젠가 언니가 내게 말한 대로 함께 강아지를 데리고 산책하는 날이 왔으면 좋겠다.

병 원 에 서 까 지
하 게 된 사 회 생 활

PART 002

같은 나를 두고
왜 사람마다 다르게 말할까

환자들 사이에서 단연 가장 어려 보이는 나는, 처음 입원한 환자들에게 늘 호기심의 대상이었다. 특히 내가 입원했던 요양병원은 60~80대 환자들이 가장 많았다. 환자 중 30대는 내가 유일했고, 왼쪽 다리에 큰 흉터도 있었기 때문에 눈에 띌 수밖에 없었다.

하루에 한 번 이상은 이런 질문을 받았다.

"어린 애가 어쩌다 입원하게 됐어?"

처음엔 일일이 어떻게 사고가 나게 되었는지 설명해드렸지만, 병원에 환자 수가 늘어나면서 덩달아 하루에 답변

해야 할 환자 수도 많아졌다. 모든 환자에게 자세히 하나하나 설명하기가 어려워져 간단하게 말씀을 드렸다.

"초록불에 횡단보도 건너가다 버스에 치였어요."

분명 똑같은 말인데도 사람마다 반응이 다 달랐다.

"저런 얼마나 아팠을까? 많이 다쳤나 보네. 고생 진짜 많이 했겠어."

라며 걱정해주는 이가 있는 반면,

"그렇게 사고가 크게 났는데 병신은 안 됐나 봐?"

"너도 뭔가 잘못했으니깐 버스에 치인 거 아니야?"

라며 비아냥거리는 사람도 있었다.

1년 반 동안 병원에 있으면서 활동량은 적고, 밥은 밥대로 먹으니 사고 나기 전보다 20kg이나 쪘다. 이렇게 살이 찐 나를 보고도 사람마다 반응이 달랐다.

같은 방에서 지내는 할머니는 나를 볼 때마다 "얼굴이 복스럽게 예뻐요. 우리 병실에 꽃이 피었네요"

라고 말씀해주셨다.

반면 어떤 간호사는 "한의사님~ 여기 이 환자 식욕 떨어지게 하는 침 좀 놔주세요" 라고 말하며 나의 자존감을 뚝뚝 무너뜨렸다.

전날 밤부터 목이 너무 아팠던 날의 일이다. 따뜻한 물을 수시로 마셔봤지만 나아지지 않았다. 아침이 되었는데도 참을 수 없을 만큼 너무 아파서 비상약이라도 받으려고 간호사 스테이션으로 갔다. 그런데 간호사가 이렇게 말하는 거다.

"목도 아픈데 화장할 시간은 있었나 봐? 입술은 어떻게 발랐대?"

나는 상처받았다.

물론 모든 간호사가 그런 건 아니었다.

간호사 대부분은 "아직 주치의가 출근을 안 해서 약을 임의로 줄 수는 없고, 일단 따뜻한 물 많이 마시면서 목에 따뜻하게 두를 만한 거 있으면 하고 있어요" 라고 걱정해주었다. 심지어 직접 차를 끓여다 병실까지 가져다준 간호사도 있었다.

똑같은 나, 똑같은 말, 똑같은 상황인데도 반응은 사람마다 달랐다.

'저 사람은 뭔가 기분 나쁜 일이 있었나? 왜 군이 말을 저렇게 기분 나쁘게 할까? 일부러 상처주려고 한 말은 아닐 거야' 라고 생각해봐도 그렇게 말하는 사람은 상대조차 하기 싫더라.

중요한 건 똑같은 '나' 에 대한 반응이 좋지 않다고 해서 그 사람에게 휘둘릴 필요는 없다는 거다. 나에게 긍정적인 말을 해주는 좋은 사람들도 있으므로 날 좋게 보지 않는 사람들의 마음에 들려고 애쓰기보단 그냥 '개소리를 하나 보다' 라고 생각하고 멀리 흘려보내면 그만이다.

내가 할 일은 날 걱정해주고, 예뻐해주고, 날 소중하게 대해주는 사람들이 정말 감사하기에 나 역시 그들을 아껴주고, 염려해주고, 가치 있게 대하면 된다.

중요한 건
똑같은 '나'에 대한 반응이 좋지 않다고 해서
그 사람에게 휘둘릴 필요는 없다는 거다.
나에게 긍정적인 말을 해주는 좋은 사람들도 있으므로
날 좋게 보지 않는 사람들의 마음에 들려고 애쓰기보단
그냥 '개소리를 하나 보다'라고 생각하고
멀리 흘려보내면 그만이다.
내가 할 일은 날 걱정해주고, 예뻐해주고,
날 소중하게 대해주는 사람들이 정말 감사하기에
나 역시 그들을 아껴주고, 염려해주고,
가치 있게 대하면 된다.

초라한 의사,
누구보다 커 보이는 간병인

의사들은 모두 드라마 〈슬기로운 의사생활〉에 나오는 조정석 같을 줄 알았던 내가, 의사도 의사 나름이라는 걸 알게 된 사건이 있었다.

때는 어느 금요일, 저녁밥이 나오는 오후 5시 반이었다.

내가 입원했던 병원은 복도에 환자용 화장실이 있고, 병실 2개당 화장실 하나를 사용할 수 있게 되어 있었다. 물론 환자를 제외한 간호사, 간병인, 방문객들을 위한 공용화장실도 따로 있었다.

하지만 휠체어를 탄 환자가 많은 병실의 경우 화장실 앞은 늘 사람들로 북적거렸다. "내가 급해!" "아니 내가 더 급해!" 라고 서로 주장하기 바쁜 환자들 틈바구니에서 잘 걸어다니는 나는 환자용 화장실보다 공용화장실을 사용하는 날들이 더 많았다. 몸을 스스로 가누지 못하는 환자들의 경우, 간병인의 도움을 받는다 해도 변기에 앉았다 일어나는 데 10분이 훌쩍 지나기 마련이었다.

샤워는 어쩔 수 없이 환자용 화장실을 사용해야 했다. 공용화장실엔 샤워시설이 따로 없었기 때문이다. 하지만 사람들이 많이 몰리는 시간에 이용할 순 없어서, 더 자고 싶었지만 참고 새벽 5시에 일어나 샤워를 하곤 했다.

사건이 일어난 그날은 늦잠을 자서 새벽 샤워를 하지 못했다. 저녁밥이 나올 시각인 오후 5시 반이 되어서야 재활치료를 모두 마치고 병실에 내려왔는데, 열심히 치료를 받아서인지 환자복은 땀으로 범벅이었고, 아침에 샤워도 못해서 너무 찝찝했다. 마침 화장실이 비어 있길래 저녁은 건너뛰고 샤워를 하기로 했다. 샤워를 시작한 지 2분쯤 지났을까. 신경질적으로 문을 두드리는 소리가 들렸다.

'다들 밥 먹고 있을 텐데 누구지? 엄청 급한 사람이 있나 보다. 얼른 하고 나가야겠다.'

복도에는 다른 병실용 화장실도 있고, 저녁밥을 먹는 시간이라 이용하는 사람도 거의 없을 테니 알아서 하겠거니 싶었다. 그런데 샤워를 마치고 연 회장실 문 앞에는 앞 병실에 새로 온 간병인이 씩씩거리며 서 있었다.

"뭐가 그렇게 오래 걸려!! 하루 종일 화장실에 있고. 얼른 나와! 나 급해!"

황당했다. 한 손에는 샤워 바구니, 한 손에는 갈아입은 옷을 들고 있는 나를 억지로 내보내며 화장실 안으로 들어갔다. 앞방 간병인이면 앞으로 같은 화장실을 공유해야 해서 계속 얼굴을 마주 봐야 하는 사이인데 오해가 있는 채로 지내고 싶진 않았다.

"저 샤워 10분 정도밖에 안 했는데… 뭔가 오해하신 거 같아요."

"뭔 오해는 오해야! 내가 화장실 가려고 할 때마다 쓰고 있던데. 한 3시간은 넘게 있었던 거 같은데!"

내 말을 끊고 앞 병실에 들어가 문을 잠그려는 간병인을 따라 들어가는 과정에서, 나를 막으려는 간병인이 내 어깨를 두 번이나 세게 밀치는 상황이 벌어졌다. 골절된 어깨엔 아직 핀이 박혀 있었다. 아무리 뼈가 붙었어도 핀을 박았다는 건 아직 100% 안정화되지 않았다는 뜻이다. 조심해야 되는 시기였다.

나도 환자였다. 아무리 마비 증상 없이 잘 걸어다니고, 얼굴엔 흉터 하나 없지만 나도 환자였다. 오해도 오해였지만, 일단 환자를 돌봐야 하는 간병인이 도리어 환자를 쳤다는 건 아닌 것 같아 간호사에게 말했다. 간호사가 앞방에 들어가서 간병인과 이야기를 하는 동안 고성과 물건을 던지는 소리가 들렸다. 병실 문이 열리자 간호사가 걱정돼서 쳐다봤는데,

"저 어린 년이 눈깔을 저렇게 뜨고 쳐다봐!!"

라며 나를 향해 삿대질했다. 그 다음 날에도 앞 병실을 지나갈 때마다, 간병인을 마주칠 때마다 나는 "재수 없는 년 때문에 이런 일을 겪는다"는 등의 욕을 들어야만 했다.

마음이 진정되질 않았다. 밤새 한숨도 못 잤다. 왜 피해는 내가 봤는데 욕을 들어야 하는 건 나일까. 이러다 스트레스가 쌓여 도리어 병에 걸릴 거 같았다. 결국, 아픈 아빠를 대신해 사고가 났을 때부터 살뜰히 챙겨주신 작은 아빠의 조언대로 경찰에 신고했다. 간병인이 날 폭행을 하려는 의도는 없었기 때문에 내가 병실을 다른 층으로 옮기는 선에서 마무리됐지만, 오해를 받은 것도, 폭언을 들은 것도 오로지 내 몫으로만 남는 상황이 기가 막혔다.

나중에 알고 보니 나와 같은 병실을 쓰고 있었던 한 아주머니가 내가 들어가기 전, 한 시간 동안 머리 염색을 하느라 화장실을 썼다고 한다. 일이 다 종결되고 난 후에야
"어떡해. 나 때문에 괜히 덤터기 썼네."
라고 하는 아주머니를 앞에 두고 뭐라 할 수가 없었다. 어이가 없고 허탈함만 밀려왔다.

더 큰 사건은 주말이 지나고 모든 병원 관계자가 출근한 월요일에 일어났다. 병실을 옮겨 더는 그 간병인을 마주친 적은 없지만, 커피 열 잔은 한 번에 들이킨 것처럼 심장이

쿵. 쿵. 쿵. 쿵 거리는 소리가 귓속까지 들릴 정도였다. 얼마나 신경을 썼는지 열이 38도까지 올랐다. '좀 더 버텨보자. 월요일에는 주치의가 출근하니 몸 상태도 설명해드리고 신경안정제라도 달라고 해야겠다'고 마음을 먹었다. 그런데 월요일에 만난 주치의의 반응은 내 예상과 달랐다.

"회의할 때 이야기는 대충 들었는데, 경찰에 신고했다면서요? 병원생활 오래 해봐서 이런 간병인 저런 간병인 다 만나봤으니깐 알 거 아니에요. 그냥 그러려니 하고 넘겨요."

다른 때 같으면 이 말을 들었을 때 '큰일 아니라고 생각하고 마음을 진정하라는 말인가 보다' 하고 말 텐데, 너무나 쉽게, 아무일도 아니라는 듯 말하는 주치의의 무심한 반응에 서러움과 섭섭함이 폭발해 소리를 질렀다. 무슨 의도인지는 알겠지만, 무엇보다 본인이 담당한 환자의 안위부터, 몸부터 걱정해야 하는 게 아닌가 싶었다.

"당신이 담당하는 환자의 골절된 어깨를 간병인이 밀쳤고, 열은 38도까지 올랐고, 이틀 동안 잠은 한숨도 못 잔 상태라고요!"

　라고 조리 있게 따박따박 말했다면 좋았겠지만 내가 지른 소리는 한 마리 짐승이 울부짖는 소리 같았다. 그날 이후 주치의는 나와 상의는커녕 한마디 말도 없이 모든 재활치료를 1주일간 빼버리고, 설명도 듣지 못한 약을 추가했다. 그리고 한 달 반 동안 주치의는 회진을 오지 않았다. 다른 환자도 회진을 돌지 않은 건 아니었다. '나만 빼고' 회진을 돌았다.

　환자이기 이전에 사람이라 느낄 수 있었다. 일부러 피하고 있었다. 대화를 하고 싶었지만 좀처럼 할 수가 없었다. 재활치료 시간에 조금 늦더라도 주치의를 만나려고 침대에 앉아 있었는데, 나를 본 주치의는 보자마자 휙 돌아서 나가버렸다. 아무리 내 태도에 서운하고 화가 나더라도 정작 의사가 해야 할 기본적인 일인 '회진' 도는 일은 해야 하는 것이 아닐까.

　오히려 나를 더 걱정해준 건 주치의가 아니라 간병인이

었다. 새로 옮긴 병실은 간병인 1명이 5명의 환자를 돌보고 있었고, 나는 구석에 하나 남은 침대에서 지내게 됐다. 갑자기 무간병 환자가 들어오니, 사연이 궁금했는지 할머니들도, 간병인도 내 앞에 모였다. 이야기를 들은 간병인이 위로를 해주었다.

"얼마나 황당하고 힘들었어. 조금 정신이 이상한 사람인가 보네. 잘 신고했어. 저 자리가 텔레비전은 잘 안 보여도 구석진 자리라 젊은 환자가 지내기에 훨씬 나을 거야. 여기서 푹 쉬고 언제든지 힘든 일 있으면 나한테 편하게 이야기해."

이후에도 간병인은 5명의 환자를 돌보며 틈틈이 짬이 날 때마다 속상한 이야기를 모두 들어주셨다. 사실 병실을 옮기기 전에도, 이 간병인을 만난 적이 있다. 정수기에 물을 마시려고 종이컵을 꺼내고 있었는데, 정수기 옆에 간병인이 물을 담으려고 갖다 놓은 환자용 플라스틱 물병 여러 개가 보였다.

"먼저 오신지 몰랐어요. 먼저 따르세요."

"환자가 먼저지. 먼저 물 마셔요."

주치의 말대로 이런 간병인 저런 간병인 많이 겪어봤지만, 자기 담당 환자도 아닌데 이렇게 먼저 배려해주는 간병인은 처음이었다. 감동이었다.

이런 일을 겪고 나서 모든 의사가 누구보다 친절하고, 환자를 위해서라면 성심성의를 다하는 '드라마 속 의사' 같을 거라 생각했던 고정관념이 깨졌다. 모든 의사가 그렇지만은 않다는 걸. 학력과 사회적 위치, 성공은 인격과는 무관하다는 걸 알게 됐다. 나를 어떻게든 피하려고 하는 주치의의 모습은 한달 반이 지나자 서운함을 넘어 초라해 보이기까지 했다.

모든 의사가 그런 건 아니다. 아빠의 간이식 수술을 담당했던 의사선생님은 아빠가 진료를 보러갈 때마다 꼭 내 안부를 물어본다고 한다. 대학병원이라 하루에도 수없이 많은 환자의 진료를 볼 테지만, 수술한 지 2년이 넘은 지금도 환자의 딸이 교통사고 난 것까지 기억하고 건강은 괜찮은지 걱정해주는 마음이 감사하다.

대부분의 치료사들 역시 환자를 친할아버지 친할머니처럼 살갑게 대한다. 궁금한 점을 물어보면 하나라도 더 알려주려고 한다. 어떻게 치료하면 내 환자가 조금 더 빨리 나을까 고민하며 이런저런 시도를 해보는 치료사들이 대부분이다.

그런데 내가 봤던 한 치료사는 환자가 치료 중 대변을 보자 손사래까지 치며 "어우~역겨워. 구역질 나. 어우" 하며 싫은 티를 팍팍 냈다. 유독 비위가 약한 사람일 수도 있다. 치료사라고 환자뿐만 아니라 환자 똥냄새에까지 친절해야 하는 것도 아니다. 그런데 그렇게 큰 소리로 대놓고 무안을 줬어야만 했을까. 내가 똥을 싼 것도 아닌데 제3자인 내가 다 민망했다.

병원에 있으면서 다양한 뇌졸중 환자들을 많이 만나봤지만, 다들 우리 엄마 아빠 할머니 할아버지 같은 평범한 분들이다. 어떻게 병원에 오게 됐는지 이야기를 들어보면, 정말 어느 날 갑자기 예고도 없이 쓰러졌다고 한다. 하루 아침에 건강하다고 믿었던 몸이 마비되어 걸을 수도, 말을 할 수도 없이 기저귀 차는 신세가 돼버린다. 가족들이나 알아보면 다행인 환자들이 많다. 뇌졸중은 누구에게나 일어날 수 있는 일이다. 그 치료사의 가족에게도 일어날 수 있는 질병이다. 이 모든 걸 알고 있는 치료사가, 과연 그 환자가 가족이었어도 그렇게 대할 수 있을까?

사고 나기 전 나는 대한민국의 경쟁사회에서 살아남기 위해서는 더 높은 대학교, 더 큰 회사, 더 높은 위치로 올라가야 한다고 생각했었다. 흔히 '사' 자를 붙인 직업을 가진 사람들을 우러러봤던 과거의 나를 반성한다. 이젠 내 삶의 우선순위를 '사회적 성공' 이 아닌 '좋은 사람' 이 되는 걸로 바꾸고 싶다. 그리고 상대의 직업이 무엇이든, 몇 살이든, 어디가 아프든, 장애가 있든 없든 상관없이 본받을 점이 있다면 겸손한 자세로 배워야겠다.

누구보다 커 보이는 간병인이 있고,
세상 초라해 보이는 의사가 있는 것처럼.

앞으로 퇴원 후 무슨 직업을 갖게 될지,
어떤 사람을 만나게 될지 모르지만,
사회적 위치와 지위만 높이려 하지 말고
'나 자체만으로도 빛나고 좋은 사람'이 될 수 있도록
노력해야겠다.

나 울려고 해,
내 편은 하나도 없는 줄 알았잖아

병원생활을 오래 해본 사람이라면 공감할 거다. 병원생활은 정말 상상 이상으로 무료하다. 특히 내가 입원했던 요양병원의 많은 뇌졸중 환자의 경우 그 무료함은 배가 된다. 뇌졸중은 시간이 지나면 자연스럽게 좋아지는 병이 아니라서 발병한 지 4~5년이 지나도 여전히 병원에 계시는 분들이 많다. 심지어 어떤 할머니는 한 번 퇴원했다가 재발해 14년째 병원에 입원해 계셨다. 문제는 4~5년이 지나면 재활치료 개수가 반 이하로 뚝뚝 줄어들어 나중에는 하루에 15분짜리 치료 하나만 받게 된다. 고작 1년 반 있었던 나도 무료해 죽겠는데, 장기입원 환자들은 오죽할까?

그 15분을 제외한 나머지 시간을 긍정적인 활동들로 채워나간다면 좋겠지만, 그렇지 못한 경우가 대부분이다. 일단 거동 자체가 쉽지 않고, 대부분 고령이라 텔레비전을 보는 것 외엔 할 수 있는 일이 많지 않다. 무엇보다 아픈 몸으로 오랜 기간 제한된 공간에 입원해 있다 보니 사람들의 마음에 여유가 사라진다.

처음 요양병원에 입원했을 때, 학을 떼고 이틀 만에 병실을 옮긴 적이 있다. 그 병실엔 휠체어를 타고 있는 아주머니 한 분과 걸어다닐 수 있는 아주머니 두 분이 입원해 있었다. 그 두 분이 휠체어 타는 분을 왕따시키고 있었다.

휠체어를 탄 아주머니는 에어컨 바람이 살을 에는 듯해 바람 세기를 좀 줄여달라며 자주 부탁을 했는데 다른 두 아주머니가 그게 싫었는지 "더워 죽겠는데 왜 자꾸 에어컨을 끄려고 드냐"며 무시하고 다시 에어컨을 켜곤 했다. 게다가 밤에 휠체어를 끌고 화장실 가는 소리가 거슬린다며 험담을 했고, 밤마다 시끄럽게 코까지 곤다며 아예 대놓고 욕을 했다. 입원한 지 하루밖에 안 된 나에게 그 휠체어 탄 아주머니를 병실에서 쫓아내야 한다고, 내가 엄마에게 부탁해 병원에 항의할 수 있게 해달라고까지 했다.

요양병원에 오기 전에 입원했던 병원들은 이렇게까지 장기간 입원 환자들이 없었기 때문인지, 대체로 '서로 돕는 분위기'였다. 누가 밤에 아프기라도 하면 병실에 간호사가 들어와 한밤중에 불을 켜도 그냥 그러려니 했다. 오히려 다음날, 밤에 많이 아팠었냐며 걱정을 해줬다.

누군가 병원에서는 쉽게 먹을 수 없는 과일 같은 음식을 가져오면 병실에 있는 모두에게 나눠주고, 나에겐 "젊은데 더 심심하겠다"라며 텔레비전 리모컨을 양보해주기도 했다. 그래서 요양병원에 왔을 때 입원 첫날부터 한 사람을 공격적으로 헐뜯는 분위기가 너무 무섭고 적응이 되지 않았다. 화살은 때로 나를 향하기도 했다. 본인들보다 잘 걸어다니는 나를 보고 핀잔을 줄 때도 있었다.

"그렇게 잘 걸어다니면 내 식판 좀 날라주지."

당시 나는 양손으로 식판을 잡지 못해 한쪽 팔에 식판을 올려서 겨우 나르고 있었다.

다행히도 모든 환자가 그런 건 아니었다. 아주 잠깐이었지만, 욕쟁이 아주머니들이 다른 병원으로 옮기고 난 후 새로 들어오신 분들과는 마음이 잘 맞아 참 재밌게 지냈다. 한 달밖에 안 되는 시간이었지만, 우리 606호 무간병실 사람들은 간호사들의 눈을 피해 병원 앞 시장에서 몰래 호떡을 사와 나눠 먹고, 저녁이면 드라마를 보며 결말에 대한 열띤 토론을 펼치던 돈독한 사이였다.

그 중 숙 아주머니는 편마비가 있어 제대로 걷지 못하셨지만, 시니어 모델이 되고 싶다는 꿈을 갖고 계셨다. 아주머니는 매일 아침 우리의 응원 속에 워킹 연습을 하셨다. 욕쟁이 아주머니들과 같은 50대이고, 오히려 몸은 더 불편하신데 긍정적으로 병원생활을 이어나가는 모습을 보면 존경스럽기까지 했다.

최 할머니의 침대 머리맡에는 늘 책이 있었다. 할머니는 재활치료를 받지 않아 하루 대부분을 병실에서 보냈는데, 무료할 수도 있는 병원생활을 책으로 채우고 계셨다. 할머니는 입원 전 평일엔 서예를 배우러 다니셨다. 집 앞 주민센터로 다녔지만, 가까운 거리여도 할머니는 자신을 위해

곱게 화장을 하고 예쁜 치마를 꺼내 입는 멋쟁이 할머니였다. 주말엔 아들 며느리와 함께 셋이서 수영도 다니는 열린 할머니였다. 최 할머니를 보면 '나도 이렇게 늙고 싶다'라는 생각이 절로 들었다.

마음의 여유가 있는 사람들과 함께 있으면서, 그간 병원생활을 하며 서러웠던 이야기도 맘껏 할 수 있었다. 같은 처지이다 보니 가족조차 이해하지 못할 환자들만의 공감대가 형성되곤 했다.

맞다! 나의 고민을 들어줬던 사람이 한 명 더 있다. 바로 상담실장님!

병원생활을 하는 동안 난 겉으로는 싱글싱글 웃고 다녔지만, 속으론 울고 있는 날이 더 많았다. 속상한 일들이 쌓여 폭발하려고 할 때 슈퍼맨처럼 나타나 내 이야기를 들어주었던 유일한 사람이 상담실장님이었다. 한번은 깜빡 낮잠이 들었다가 일어나보니 머리맡에 책 한 권이 놓여 있었는데, 책을 열어보니 상담실장님의 편지가 들어 있었다. 일부 환자들은 이런 상담실장님을 안 좋게 봤다.

"다 장삿속이라 저러는 거야. 환자가 돈이 되니깐 저러는 거야. 자기한테 떨어지는 게 있겠지."

어디 아무리 장삿속이어도 개인의 아픈 가정사까지 드러내면서 환자를 위로해주는 사람이 있을까. 사회생활을 해본 분들이라면 이해할 거다. 사람들에게 내 아픔은 최대한 감추는 게 좋다. 그 아픔이 약점이 되어 집단 내에 내 이야기가 사람들 입에 오르락내리락하게 되는 경우가 많다. 남의 약점을 무기로 삼아 내리깔고 자신의 안위 보존에 보태는 사람들이 있다.

앞에서 언급한 나를 위로해주었던 간병인도, 상담실장님도 다들 바쁜 와중에 어떤 식으로든 나에게 마음을 써줘서 정말 고마웠다. 책이 나오면 상담실장님이 내게 그랬던 것처럼 고마운 사람들에게 내 책을 선물해드리고 싶다. 그땐 실장님처럼 편지도 써서 감사의 마음을 전달하고 싶다.

내 버스에서 내릴 사람은
쿨하게, 바이바이

세상 살면서 가장 어려운 게 인간관계라고, 병원도 작은 사회라 답답한 병원 크기만큼이나 좁디좁은 병원생활의 인간관계 역시 참 쉽지 않았다. 누워만 있어야 하던 때엔 기껏해야 나를 돌봐주는 간병인과의 인간관계가 전부였지만, 걸어도 괜찮다는 판정을 받고 요양병원으로 옮긴 후엔 많은 것이 달라졌다.

특히 내가 입원했던 병원은 개원한 지 얼마 안 된 병원이라 그런지 내 또래 환자가 없었다. 대부분 적게는 40대 후반부터 시작해 많게는 99세까지 있었는데, 나이 차이만큼이나 생각의 간극도 컸고, 말이 통하지 않을 때가 많았다. 그저 서로 부딪치지 않는 것만으로도 감사할 일이었다.

하루에 내가 만나는 치료사들은 총 4명. 서로 다른 4명을 30분씩 매일 만나야 했다. 치료사들은 대부분 20~30대였기 때문에 아무래도 나는 나이 차이가 크게 나는 환자들보다는 또래의 치료사들과 더 잘 통했다.

게다가 치료사들은 병원에서 근무하기 때문에 다는 알지 못해도 대충 병원이 어떻게 돌아가는지 알고 있어서, 내 이야기에 대한 이해도 빠르고 적극적으로 공감해줄 수 있었다. 치료사들도 인지가 떨어져 말을 제대로 할 수 없는 환자들만 상대하다가, 멀쩡한 나를 볼 때면 신나서 이야기를 했다. 나는 말도 통하고, 내가 어디 가서 이야기를 퍼뜨릴 만한 사람도 딱히 없었기 때문에 가끔 개인적인 고민까지 이야기하는 치료사들도 있었다.

재활은 너무 힘들고 아팠지만 그래도 치료사와 장난도 치고 농담도 주고받다 보면 어느새 재활시간 30분이 훌쩍 지나가곤 했다. 치료가 없는 주말에는 입에서 단내가 날 정도로 말할 상대가 없었으니, 직장인일 땐 그렇게 싫어하던 월요일이 나에겐 그 어느 때보다 기다려지는 요일이 되었다.

'어? 이건 선생님께 이야기해드리면 재밌어하겠다.'

주말에 유튜브를 보다 재밌는 영상이라도 발견하게 되면 치료사 보여주려고 따로 저장해놓기도 했다.

실제로도 많이 친해져서 어떤 선생님은 직접 그린 그림을 선물해주시기도 했고, 어떤 선생님과는 전화번호를 교환하기도 했다.

코로나 때문에 면회가 금지되어 고립되자 치료사들만이 나의 유일한 말벗이 되었다. 아무리 가족이나 친구와 전화를 한다고 해도 그들에게는 그들만의 견뎌야 하는 삶이 있었다. 이미 충분히 힘든 그들의 삶에 내 하소연으로 짐을 하나 더 얹고 싶진 않았다. 그래서 속상한 일이 있어도 꾹 참다가 터질 것 같을 때만 털어놓곤 했다.

요양병원에 입원해 있는 1년 가까운 시간 동안 매일매일 만나다 보니, 나도 모르게 치료사들에게 속 이야기도 많이 했다. 그리고 코로나로 외부와 차단되고 난 후로는 점점 더 의지하게 되었다. 자연스레 치료사들을 치료사와 환자의 관계가 아닌 속마음을 나눌 수 있는 친구처럼 대했던 것 같다. 때론 공적인 관계라는 걸 잊어버릴 때도 있었다.

치료사들은 어땠을지 모르지만 적어도 나는 그랬다. 치료사는 그저 병원이라는 '직장'에 출근해 '고객'인 환자 중 한 명을 상대하는 것이기 때문에 그렇게 마음을 많이 내어주지 않았을 수도 있다. 치료사도 일종의 서비스직종 중 하나고, 일을 하러 온 것이기 때문에 내가 그랬듯 가면을 쓰고 나를 대했을지도 모른다. 어쩌면 가면 뒤에서는 내 이야기를 듣는 걸 힘들어하고 있었을지도 모른다.

아마 코로나로 인해 외부와 단절되지 않았다면 이렇게 치료사에게 의지할 일도 없었을 것이고 마음이 아프거나 서운하지도 않았을 거다. 사실 치료사들이 치료시간 외에 환자를 위해 무언가를 하지 않아도 된다. 치료사는 쉬는 시간 10분 동안 몸을 못 가누는 환자 여러 명을 기구에서 휠체어로 옮겨 엘리베이터 앞까지 데려다 놓고, 다음 환자가 누울 자리에 떨어진 이전 환자의 각질들을 털어내고, 위생을 위해 손까지 씻어야 한다.

그 짧은 시간에 군이 먼저 다가와 농담을 건네지 않아도 된다. 물먹을 시간도 없을 텐데 환자의 어깨를 위해 공놀이를 하지 않아도 된다. 코로나 때문에 외출이 금지된 나의 부탁을 거절하고 약국에서 헛바늘 연고 따위 사다주지 않아도 된다. 충분히 나 몰라라 해도 된다. 뭔가를 더 한다고 해서 월급을 더 많이 받는 게 아니라는 걸 알기에 치료사들의 관심이, 친절이 더 감사했다.

퇴원할 때 나를 담당했던 치료사들에게 전화번호를 여쭤봤고, 작은 선물과 편지를 카톡으로 드렸다. 전화번호를 줄 수 있냐고 물어봤을 때 핑계를 대며 거절하신 분도 있었고, 분명 카톡을 읽고 선물도 받으셨는데 아예 '고맙습니다'라는 5글자조차 안 보낸 치료사도 있다. 연애할 때도 더 많이 좋아하는 '갑'과 '을'이 있는 것처럼, 치료사들과의 관계도 그랬던 것 같다. 그래서 퇴원하고 한동안 몹시 힘들었다. 마치 4명의 남자친구와 동시에 이별한 느낌이었다.

물론 반대로 생각해보면 충분히 이해가 간다. 만약 내가 회사에 다니고 있는데, 고객사 직원과의 미팅 자리가 화기애애했더라도 사적으로까지 관계를 이어나가긴 좀 부담스럽지 않을까. 공은 공이고, 사는 사니깐. 충분히 이해한다. 하지만 아무리 그래도 선물을 받고 '고맙다' 라는 카톡 하나쯤은 보낼 수 있지 않았을까 싶다.

언젠가 어느 책에서 이런 비슷한 글을 본 적이 있다. 인생은 버스와도 같아서 버스 정류장마다 내 버스에 사람이 타기도 하고 내리기도 한단다. 종점까지 함께 갈 것 같은 사람이 내리기도, 예상치 못한 사람이 타기도 한다.

내 버스에서 내리고 싶은 사람을 어떻게 말릴 수 있을까. 붙잡을 수도 없고, 그 사람을 다시 태우기 위해 버스를 되돌릴 수도 없다. 내 버스에는 꼭 그 사람이 아니더라도 다른 사람들이 타고 있으니, 한 사람이라도 내 버스에 탄 다른 승객은 소중히 안전하게 종점까지 모셔야 하지 않을까?

마음이 예쁜 치료사들이 많았기에 이별이 아쉽고 마음이 아팠다. 하지만 어쩔 수 없다. 교통사고라는, 요양병원이라는 정류장은 지나왔으니 치료사들은 쿨하게 내 버스에서 내릴 수 있게 해줘야 할 것 같다.

고마웠어요, 바이바이~.

인생은 버스와도 같아서 버스 정류장마다
내 버스에 사람이 타기도 하고 내리기도 한다.
종점까지 함께 갈 것 같은 사람이 내리기도,
예상치 못한 사람이 타기도 한다.

내 버스에서 내리고 싶은 사람을 어떻게 말릴 수 있을까.
내 버스에는 다른 사람들도 타고 있으니,
한 사람이라도 소중히 안전하게 종점까지 모셔야 한다.
그러니 괜찮다. 지나간 사람은 쿨하게 바이바이하는 것도.

퇴원하면 꽃길만
있는 줄 알았지

PART 003

울산 간절곶 초입엔
느린 우체통이 있다

병원생활만 1년 반. 버틸 만큼 버텼고 지칠 만큼 지쳤다. 외출 금지, 외박 금지, 면회 금지라는 3금지가 7개월이 넘자 더는 버티기 힘들었다. 재활이고 뭐고 이러다 내 마음부터 지쳐 쓰러질 것 같아 코로나에 등 떠밀려 퇴원을 했다.

퇴원하자마자 울산행 KTX 표를 끊고, 간절곶 근처 게스트하우스만 예약한 채로 아무 계획 없이 여행을 갔다. 나 혼자. 병원생활이라는 긴 정류장을 떠나 일상이라는 또 다른 정류장에 도착하기 전, 나만의 인생 '띄어쓰기' 시간이 필요했다.

간절곶은 병원에 있으면서 정말 가고 싶었던 장소 중 하나였다. 버스에 치이면서 오른쪽 귀 안에 있는 작은 뼈 하나가 골절됐는데 다른 급한 곳들을 먼저 고치느라 귀 수술은 뒤로 밀려났다. 사고 난 지 6개월 만에 수술을 받긴 했지만, 청력이 정상이 됐는데도 제때 받지 못한 수술은 이명을 낳았다. 이명이 너무 심해 보청기까지 사용해야만 한다.

날카로운 이명 소리 때문에 잠이 오지 않는 조용한 밤. 할머니들의 코 고는 소리보다 이명 소리가 커지자 핸드폰을 켜 '이명 좋아지는 법'을 검색했다. 눈에 보이는 흉터도 아닌, 남의 귀에는 전혀 들리지 않고 나만 괴로운 걸 알 수 있는 참 비밀스러운 이명을 제대로 연구한 과학적 데이터는 없었다. 그저 '이러면 좋더라'라는 카더라 통신만 난무하는 블루오션 시장 같은 청정지역이었다. 하긴 이명을 측정할 방법조차 없는데, 의사도 방법이 없다는 걸 인터넷이 어떻게 알겠나. '아보카도를 먹으면 이명이 낫는다'라는 글을 보고 핸드폰을 끌까 망설이다 혹시 몰라 유튜브에 '이명에 좋은 소리'를 검색했다.

같은 괴로움을 겪는 사람들이 꽤 많은지 유튜브엔 가지각색 이명에 좋은 소리 영상들이 넘쳐났다. 쭉 밑으로 내려보다 눈에 띈 간절곶 파도 소리. 바다, 그중에서도 바위에 부서지는 파도를 좋아하는 나는, 영상 속 바위를 향해 철썩철썩 온몸이 부서져라 달려드는 파도에 눈길이 사로잡혔다.

뭐 나중에 알고 보니 울산 대왕암 파도소리였지만. 울산이라는 단어와 바다라는 단어만 보고 간절곶이겠거니 으레 짐작했던 것 같다. 하여튼 울산 어느 바다의 파도 소리는 한동안 나의 잠자리 메이트가 됐다. 속까지 시원해지는 파도 소리를 듣고 있으면 날카롭게 귀를 긁어대는 쉿소리마저 들리지 않았다. 그 기억 덕분에 퇴원 후 첫 혼행 (혼자 하는 여행) 장소를 울산 간절곶으로 정했다.

울산 혼행 2일차. 일출을 보기 위해 새벽 4시 50분에 일어났다. 병원생활 패턴에 익숙해져 있는지 갓 제대한 군인이 민간인이 되어도 기상 시각만 되면 벌떡벌떡 일어나는 것처럼 5시가 가까워오자 번쩍 눈이 떠졌다. 찬 새벽 바닷바람에 감기라도 걸려 또 다시 병원 신세를 지게 될까 싶어 후드 짚업을 꺼내 주섬주섬 입었다. 다행히 숙소는 간절곶 초입에 있었기 때문에 바다까진 걸어갈 수 있었다. 일출을 보고 다시 숙소로 되돌아오는 길. 그 울산 간절곶 초입에 노란색 느린 우체통이 있었다.

느린 우체통 앞에는 수더분하게 생긴 아저씨가 운영하는 소망 우체통 빵집이 있다. 아저씨가 파는 엽서에 편지를 써서 노란 우체통에 넣으면 원하는 날짜에 엽서가 배달된다. 퇴원 후 첫 여행지에서 그동안 누구보다 고생한 나 자신에게 편지 하나쯤은 선물해도 좋지 않을까 싶었다. 시원한 아메리카노 한 잔과 울산을 상징하는 파란 고래가 그려져 있는 엽서를 샀다. 바닷바람이 솔솔 들어오는 카페 한쪽에 자리를 잡고 앉아 편지를 쓰기 시작했다.

1년 뒤 내 생일에 도착하도록 희망 수신일을 썼고, 보내는 이는 '장은주,' 받는 이는 '장채원'으로 적었다. 1년 뒤 내 생일쯤에는 개명한 이름으로 살고 있을 테고 분명 바쁜 일상에 치여 이 소중한 경험들이 흐릿해질 수 있겠다 싶었다. 다음은 나에게 쓰는 편지 원문이다.

채원아, 생일 축하해!

힘들게 교통사고를 이겨내고 지금 이렇게 밝게 살아내고 있는 네가 나는 너무 대견해.
기억나니? 예전에는 은주를 많이 미워했는데 그때 죽지 않고 이렇게 살아 있길 잘했지?

오늘 일출을 보면서 느꼈어.
안 뜬다고 포기하지 않고 그 자리에서 묵묵히 5분만 더 기다리다 보니깐 해가 뜨더라.
거기는 해가 떴니?
그런데 해가 뜨지 않아도 동이 틀 때쯤의 핑크빛 하늘도 참 예뻤던 것 같아!
너도 지금 충분히 예쁘고 그 모습의 너도 너무 좋아 보여.

채원아! 네가 은주였어서 정말 다행이었고 고마웠어.
난 내가 너라서 좋아. 이렇게 묵묵히 기다리고 버텨줘서 고마워. 지금처럼만 밝고 건강하게 웃으며 지내자.

- 2020년 7월 16일 은주가 -

살다 보면 나처럼 어느 날 갑자기 교통사고가 나서 오랜 기간 병원생활을 할 수도 있고, 가족 중 누군가 많이 아플 수도, 간절히 원하던 일에 실패해 큰 좌절을 겪을 수도 있다. 감당하지 못할 힘든 일이 생겨 내 삶 하나 이끌고 살아 있는 것조차 버겁게 느껴질 땐 모든 걸 다 놓아버리고 싶을지도 모른다.

그럴 땐 그 모든 걸 이겨낸 미래의 나에게 편지를 써보는 건 어떨까. 꼭 간절곶의 느린 우체통이 아니어도 좋다. 한 자 한 자 미래의 나에게 '힘들지만 그래도 잘 살아내고 있고, 참 대견하다' 라고 편지를 쓰다 보면 누군가가 나를 응원하고 있다는 든든함이 생길 것이다.

퇴원,
평생 마음 재활의 시작

1년 반.

누군가는 "애개… 겨우 1년 반 갖고 책을 쓴다고? 더 아픈 사람도 많아"라고 말할 수도 있고,

누군가는 "1년 반이나 있었다고? 대단하다 진짜!" 라고 말할 수도 있는 기간이다.

그런데 과연 기간이 중요할까?

연애를 8년, 9년 했다고 '잘한 연애다' 라고 말할 수 없듯 병원생활도 마찬가지인 것 같다. 충분한 이해와 교감 없이 기간만 '긴' 연애를 할 수도 있고, 1년만 사귀었는데도 그

누구보다 성숙한 연애를 한 사람이 있을 수 있다. 병원생활도 연애와 같다. 1년 반 동안 자기 신세만 한탄하며 보낼수도 있고, 1년 반 동안 겪은 경험을 발판 삼아 더 단단한사람이 될 수도 있다. 기간이 얼마나 긴지 '양'이 중요한 게아니라, 그 기간을 어떻게 채웠는지 '질'이 중요한 것 같다.

내 인생은 교통사고 전과 후로 나눠진다고 말할 수 있을만큼 내가 생각해도 나 자신이 정말 많이 바뀌었다. 하지만 단순히 교통사고라는 사건 하나만으로 나 자신이 달라졌다고 생각하지는 않는다. 그 전 10여 년간 우울증과 불안장애를 앓아오며 나 자신을 바꾸려고 끊임없이 다져왔던 것들이 '교통사고'라는 계기를 만나 그 내공이 드러난게 아닌가 싶다.

진정한 내공은 고난과 위기 상황에서 드러난다는 말이있지 않은가. '나'라는 나무에 '노력'이라는 물을 10년 동안꾸준히 줬더니 뿌리가 단단해졌나 보다.

1년 반의 병원생활을 통해 느낀 점을 요약하면 이렇다.

1. 병원은 작은 사회이다.
2. 몸 뿐만 아니라 아픈 내 마음도 재활이 필요하다.
3. 내가 내 마음을 먼저 위해주고 아껴주고 지지해줘야 한다.

이 세 가지는 병원생활뿐만 아니라 학교, 직장생활에도 적용된다.

사람 없는 곳은 없다. 만나는 사람 '수'가 적어질 수는 있어도, 심지어 프리랜서로 혼자 일하는 사람도 사람을 아예 안 접하진 않는다. 아마 드론도 접근 못하는 무인도에서나 가능한 일이 아닐까. 그러다 보니 나와 맞지 않는 사람이 하나쯤은 분명히 존재한다. 100% 나와 맞는 사람만 모여 있는 세상은 존재하지 않는다. 모든 사람을 일일이 붙잡아 가며 2~3시간 동안 내 상황을 구구절절 설명할 수 없기 때문에 때론 억울한 오해가 생기기도 한다.

실제로 나도 그랬다. 내가 아무리 운전을 조심히 해도 다른 차량이 운전을 똑바로 하지 않으면 부딪치는 교통사고처럼, 나도 내가 아무리 조심한다 해도 상대방의 언행 때문에 상처받은 적이 많았다. 물론 반대로 나도 모든 게 100% 완벽한 로봇이 아니다 보니, 나도 모르게 내 언행이 타인을 불편하게 만든 적도 있다.

크고 작게 타인에게 상처받는 일이 자주 반복되다 보면 내 마음에도 교통사고처럼 골절이 일어난다. 처음엔 가벼운 '찰과상'이었다가, 상처가 깊어지면 뼈가 부러지듯 마음도 부러진다. 나를 둘러싼 '피부'와 같은 자존심에는 흉터가 생기고, 나를 움직이는 '뇌'와 같은 자존감엔 출혈이 생긴다. 출혈이 지속되면 더 이상 나는 살아는 있지만 사람들과 만나지 못하는 '혼수상태'에 빠지기도 한다. 혼수상태가 지속되면 자존감 '식물인간'에 이른다.

한편 나를 아껴주고 응원해주는 사람들을 만나면 내 마음에 연고를 바른 것 같았다. 나를 위로해주던 간병인이 그랬고, 상담실장님이 그랬다. 하지만 찰과상을 입을 때마다 나를 위로해줄 만한 사람들을 찾아 헤매고 다닐 수는 없다. 결국, 나 스스로 나를 위해줘야 한다. 내 몫이다. 혼수상태에 빠지지 않도록, 식물인간이 되기 전 내가 내 마음이 어떤 상태인지 주기적으로 살펴보고, 그에 맞는 처방도 생각해서 연고도 발라주고 밴드도 붙여줘야 한다. 의사가 환자들을 매일 아침 찾아와 회진을 도는 것처럼 '내가 왜 이렇게 마음이 불편할까' '왜 이렇게 요즘 눈물이 자꾸 나오는 걸까' 내 마음을 들여다보고 '진단'해야 한다.

회복이 어느 정도 되면 마음의 근육들이 튼튼해질 수 있도록 꾸준히 '마음 재활'을 해야 한다. 나 자신을 칭찬해주고, 시간을 내어 감사할 일을 적어보기도 해야 한다. 타인에게 받은 긍정적인 피드백들을 모아보는 것도 좋다.

사람은 누구나 장단점이 있다. 한번쯤은 나를 칭찬해주는 사소한 말 하나쯤은 들었을 거다. 그러면 그냥 "에이, 다들 그러는데요. 뭘" 하며 흘려보내지 말고 기록해두자. 언제, 누가 이런 상황에 나에게 이런 말을 했고, 나는 이런 느낌을 받았다고 상세히 기록해두자.

그리고 자신이 아무것도 아닌 것 같다고 느껴질 때, 모아둔 긍정 피드백들을 읽어보자. 되도록 가장 빠르게 펼쳐볼 수 있는 곳에 적어두는 것이 좋다. 나는 카톡에 적어둔 뒤

캡처해서 인스타 비밀계정에 바로바로 올린다.

상대방이 예의상 하는 말이어도 좋다. 장점이 될 만한 포인트를 짚어 해주는 말이니 기억해두자. 자존감이 낮은 상태에선 스스로 장점을 찾기 어렵다.

물론 처음엔 힘들다. 북어처럼 부정적인 생각으로 굳어 버린 마음을 말랑말랑하게 움직이는 일은 단언컨대 내 왼 손을 재활하는 것만큼이나 부자연스럽고 힘든 일이다. 안 쓰던 마음 근육들을 움직이는 일인데 처음부터 잘될 리 없 다. 그저 하루하루 꾸준히 재활에 임하는 것만으로도 충분 히 잘하는 거다. 손상된 근육들을 반복적으로 움직이면서 가동범위를 늘려나가듯 내 마음의 힘도 점점 늘려나가야 한다.

내가 나의 의사이자, 간호사이자, 재활치료사여야 한다. 가장 1순위로 나의 마음을 지지하고 응원해줘야 하는 것 은 나를 이끌고 타인과 살아가야 하는 나 자신의 몫이다.

병원생활을 하면서 느꼈지만, 아무리 내가 튼튼한 나무

같더라도, 환경 (사람이든 물리적이든) 자체가 척박하면 온전히 뿌리 내릴 수가 없다. 그런 곳이라면 박차고 일어나서 나가버려야 한다.

코로나처럼 아주 위험한 상태라고 생각한다면 그런 사람들로부터 나를 격리할 줄도 알아야 한다.

그런 사람이 있다. 같이 있으면 나도 모르게 부정적으로 생각이 흘러가는, 깊은 부정의 늪으로 끌고 가는 사람 말이다. 나를 지나치게 비난하고, 내가 이상한 사람인가? 라는 생각이 드는 사람이 옆에 있다면 그 사람과는 거리를 두는 게 좋다. 그래서 나는 1년 반 동안 병실을 5번이나 옮겼다.

나를 향해 부정적인 말을 던지는 사람들 속에 있다 보면 내 가치에 대한 자기인식도 흐려진다. 주변 모두를 긍정적인 말만 해주는 사람들로 채울 수는 없다. 하지만 적어도 부정적인 말에 대한 노출을 최소화하면, 이따금 나를 향해 던지는 공격적인 말도 긍정적으로 해석할 수 있게 된다.

한번은 어떤 치료사가 나에게, 내가 너무 소심한 편인 것 같다는 말을 한 적이 있다.

만약 부정적인 말에 잠식되어 있는 상태였다면, 그 말마저 부정적으로 받아들였을 거다. '내가 성격이 이상한가?'라고 생각했을 것 같다. 그런데 코로나 같은 환자만 가득한 병실에서 벗어난 이후로는 같은 말인데도 다르게 해석할 수 있게 되었다.

'아, 그 사람한테는 내가 소심해 보일 수도 있겠다. 그런 면만 봤으니깐. 하지만 소심하다는 건 조심성이 많다는 거고, 남한테 피해 주기도 싫어하고 나도 상처 입기 싫은 좋은 배려심이 있는 거잖아. 나는 배려심 있는 사람이구나.'

사람의 생각과 가치관은 그 사람이 겪은 경험의 폭과 깊이에 따라 다르다. 나에게 상처 주는 말을 던지는 사람들을 비난하고 멀리하기 보단 그 사람은 그렇게 생각할 수도 있다고 인정하고, 생각의 차이일 뿐이라는 걸 받아들이면 같은 말도 긍정적으로 해석할 수 있다.

반면 나를 아껴주고 내게 긍정적인 말을 해주는 사람들은 되도록 자주 만나려고 했다. 치료실에서 만난 마음씨

내 마음의 근육들이 튼튼해질 수 있도록
꾸준히 '마음 재활'을 해야 한다.
나 자신을 칭찬해주고,
시간을 내어 감사할 일을 적어보기도 해야 한다.
타인에게 받은 긍정적인 피드백들을
모아보는 것도 좋다.

좋은 환자들과는 농담도 주고받고 서로의 고충을 나누면서 많은 위로를 받았다. 나의 자존감을 높여주는 타인의 칭찬은 덤이다. 칭찬 '영양제'를 맞은 나는 연예인들이 피부과에 찾아가 백옥 주사, 비타민 주사를 맞는 것처럼 자주 칭찬 영양제를 맞았다. 퇴원할 때 그분들에게 무엇을 드리면 좋아할까를 고민하다 도시락 김 30개짜리를 시켜놓고 미처 다 먹지 못한 게 생각났다. 거기에 고마웠던 분들을 떠올리며 편지를 써서 붙여드렸다.

'힘든 일도 있었지만 좋은 사람들을 만나 좋은 에너지도 얻고, 예쁨 많이 받으며 지내다 퇴원하게 되었어요. 정말 감사합니다.'

다들 어르신이라 눈이 침침하셔서 잘 읽으셨을지 모르겠다. 그래도 내 마음은 충분히 전달됐을 거라 생각한다.

퇴원했다고 끝이 아니다. 끝은 또 다른 시작이란 말이 있듯 퇴원을 하면 또 다른 사회가 펼쳐지고, 혼자 아무도 없는 무인도에 뚝 떨어진 게 아닌 이상 어쩔 수 없이 사람들을 만나게 된다. 아마 또 다른 사회에서 또 다른 유형의 사람들을 만나 상처를 받기도 치유를 받기도 할 것이다.

"이제 행복한 일만 가득할 거야. 앞으로 꽃길만 걷자."

퇴원했을 때 많은 분들이 축하해주셨다. 물론 난 앞으로 행복한 일만, 평탄한 길만 있진 않을 거라는 걸 너무 잘 안다. 어쩔 수 없는 일들이 내 앞에 무수히 펼쳐질 거다. 하지만 가장 절친한 친구가 했던 말처럼 이번 경험을 통해 내가 '뿌리가 단단한 나무'로 성장하고 있다고 믿고 있다. 그러니 앞으로 어떤 고난을 만나게 될지 모르지만, 예전처럼 아프다며 주저앉아 울고만 있질 않길, 내 마음을 스스로 위로해주고 아껴주고 응원해주고 지지해주길, 그래서 더 잘 회복할 수 있길 바란다.

교통사고는 100번도 견딜 수 있어,
근데 이제 이건 더는 못 참겠어

퇴원 후 가족들에게 적어도 50번은 더 했을 말이다.

"교통사고는 내가 100번도 더 당할 수 있고, 견뎌낼 수 있어. 근데 이제 엄마랑 아빠가 싸우는 것도 못 참겠고, 거기에 영향을 받아서 내가 불안한 것도 우울한 것도 못 참겠어."

이 책의 제목을 '이왕 살아난 거 잘살아 보기로 했다'로 정한 이유가 여기에 있다. '이왕' 살아났다는 건 그만큼 그 동안 많이 죽고 싶었다는 것을 의미하고, 교통사고로 고생 고생해가며 이왕 이렇게 살아난 거, 이제는 참지 말고 '잘 살아보기로' 결심했다는 의미이다.

언제부터였는지는 정확히 기억나지 않는다. 아마 여섯 살 무렵이었던 것 같다. 그날도 엄마와 아빠는 싸우고 계셨고 나는 무서워서 이불을 뒤집어쓰고 울고 있었다. 그때 갑자기 엄마가 이불을 확 걷으면서 말했다.

"밥도 먹여주고, 잠도 재워주는데 네가 뭐가 슬퍼!"

벌써 26년이 지났지만, 그때 엄마의 표정과 말투가 아직도 또렷하게 기억난다. 아마 우울증이 그때 즈음부터 시작됐던 것 같다.

'내가 엄마 아빠를 더 기쁘게 하지 못해서 자꾸 두 분이 싸우는 걸까? 내가 사라지고 차라리 동생 같은 자식이 두 명 태어났으면 더 좋았을 텐데…' 왜곡된 생각이 자꾸 들었다. 그 당시엔 단지 내가 부족한 사람이란 생각만 들었는데, 점차 우울이라는 감정이 또렷해지면서 '죽고 싶다'는 생각으로 이어진 것 같다.

그 이후론 죽고 싶지 않았던 적이 없었던 것 같다. 성인이 된 이후에는 달력에 작대기를 그어가며 '하루만 더 살다 죽자' 라고 생각하며 잠든 적이 많았다.

버스에 치여 생긴 다리의 상처는 매일 약도 바르고 하루에 열 번씩 로션도 꾸준히 발랐더니 꽤 많이 아물었다. 그런데 26년 전 생긴 마음의 상처는 아직도 아물지 않았나보다. 퇴원 후엔 집에 있으며 부모님과 더 자주 부딪친다. 그럴 때마다 과거에 상처받은 일이 떠올라 나도 모르게 과거 이야기까지 하게 되는데 부모님은 도리어 화를 내신다.
"그래서 뭐 어떻게 하라고! 내가 무릎이라도 꿇을까? 지나간 일인데 잊고 살아야지!"

엄마 아빠에겐 지나간 일일지 몰라도 나한텐 아직 '현재진행형'이다. 아직 아물지 않은 채 피가 철철 나고 있다.

하루는 골절된 왼쪽 발이 탱탱 부어 한의원에 갔다. 뼈는 붙었어도 혹시 '어혈'이 고여 순환이 잘되지 않아 붓는 건가 싶어 한약을 지어 먹고 싶었다. 한의사와 이런저런 이야기를 하다 보니 정신과적 증상까지 주제가 이어졌다.

"오히려 병원에 있을 때보다 퇴원하고 나서 가슴이 턱턱 막힐 때가 많고, 숨도 잘 안 쉬어질 때도 있어요. 심장이 쿵쿵거릴 때도 많아요."

"지금 채원씨는 몸도 다친 거지만, 마음도 다친 거예요. 마음이 많이 아파하고 있는 거예요."

그 말을 듣는데 나도 모르게 눈물이 나왔다. 침을 맞으며 눈이 붓도록 울었다. 한의사가 내 마음이 아픈 걸 알아줘서 고마웠고, 이제 겨우 두 번밖에 안 본 남한테 위로를 받는 내가 너무 안쓰러워서 눈물이 나왔다.

부모님께 과거를 들먹이며 보상을 받고 싶은 생각은 없다. 부모님이 무릎을 꿇기를 바라는 건 더더욱 아니다. 엄마 아빠도 성인이었지만 처음 부부생활을 해보는 거였고, 육아도 처음이었기 때문에 실수도 잦았고 힘에 겨웠을지도 모른다. 그래서 그걸 자꾸 싸우는 걸로 해결하려 했을 수도 있다.

나는 자꾸만 엄마 아빠가 내 마음 저 깊숙이 어딘가에서 울고 있는 상처받는 여섯 살의 나를 보듬어줬으면 좋겠다

는 어린 마음이 든다. '어쩔 수 없었다' 라는 말만 반복하지
말고, 내가 과거의 기억이 떠올라 아파할 때, "그때 엄마 아
빠가 많이 무심했었지? 미안해" 라는 말 한마디만 해줬으
면 좋겠다.

　나도 안다. 그때로 되돌아갈 수도 없고 이미 지나가버린
과거는 맞다. 그런데 여섯 살에 멈춰 있는 내가 마음속 저
작은 방 한쪽 모서리에서 아프다며 울고 있다.
　부모님이 안 해준다고 나마저도 나를 버릴 수는 없다.
소중한 나 자신을 엄마 아빠처럼 무심히 대할 수가 없다.
그래서 대신 스스로 나 자신에게 저 말을 해주고 있다.

　예전에 KBS에서 했던 예능 프로그램 〈안녕하세요〉에 부
부싸움으로 두려움에 떠는 여덟 살 딸에 대한 사연이 소개
된 적이 있다. 사연에 소개된 아이는 학교에서 받은 심리
검사에서 정서가 불안하다는 결과가 나왔고, 방송에서 심
리전문가와 받은 심층 검사에서 양육환경에 의한 소아우
울증이 심하다는 소견이 나왔다. 나는 무엇보다 아이가 검
사를 받을 때 괄호 안에 쓴 말이 가장 와닿았다.

내가 제일 걱정하는 것은 (엄마 아빠 싸울 때)

나를 가장 슬프게 하는 것은 (엄마 아빠 싸울 때)

이 장면을 보는데 마치 어릴 때의 내 모습을 보는 것 같았다. 여섯 살 과거의 내가 튀어나와 저 아이에게 "언니도 슬프구나. 나도 그래"라고 안아주며 함께 울고 있었다.

여섯 살. 이불을 뒤집어쓰고 울고 있던 나는 26년간 우울증과 불안장애를 겪으며 자살시도를 하기도 했다. 매번 내 인생의 방향키를 잡아볼 새도 없이 이리 휘청 저리 휘청거리기만 했다. 우울하면 우울한 대로, 불안하면 불안한 대로 우울과 불안에 나를 맡긴 채 떠다녔다.

나의 20대는 내 인생의 키를 잡을 만한 힘을 키우는데, 온 힘을 다해 애써왔던 시간이었다. 우울증 약도 오래 먹었고, 비싼 심리 상담도 2년 넘게 다녔다. 하지만 타인을 통해 도움을 받으려고만 했지, 나 스스로 삶의 방향키를 잡으려고 한 적이 없었던 것 같다. 아니, 잡을 만한 힘조차 없었다.

교통사고를 겪고 나서야 '나도 나 스스로 살아낼 힘이 있구나' 라는 걸 깨달았다. 그리고 이제는 드디어 직접 내 인생의 방향키를 잡을 때가 된 것 같다. 어떤 상황이 와도 이젠 절대 놓치지 않을 거라고 마음을 먹고 꼭 붙들고는 있지만, 여전히 가끔 키를 놓칠 때가 있다.

오히려 병원에 있을 땐 물리적으로 독립된 공간이어서 그런지 내가 단단히 서 있는 느낌이 들 때가 많았는데, 집에서 엄마 아빠와 부딪치다 보면 지금의 내가 아닌 여섯 살의 내가 튀어나온다. 그래서 그럴 때마다 더 많이, 더 크게 말하고 있다.

"교통사고는 100번도 견딜 수 있는데 이젠 이건 못 참아!!" 라고.

난 생리가 하루면 끝난다
32살인데

생리.

대부분의 여성들이 한 달에 한 번 치러야만 하는 짜증나는 기간이다. 마치 한 달에 한 번씩 기말고사를 치르는 느낌이랄까. 하기 싫다고 안 할 수도, 그렇다고 피할 수도 없이 다가오는 생리주간을 맞이할 때면 짜증이 치솟는다. 나도 교통사고 전에는 생리가 그저 짜증나는 존재였지만, 사고 이후에는 생리가 시작되면 어찌나 반가운지 모른다.

버스에 치인 이후 거의 7개월 동안 생리를 안 했다. 아예 단 한 방울도 나오지 않았다. 직접 자궁이나 질 같은 생식

기관을 다치진 않았지만, 워낙 큰 사고라 그런지 몸이 놀랐나 보다.

편했냐고?

불안했다. 가뜩이나 몸 여기저기 다 다쳤는데, 생리까지 안 하니 무슨 문제가 생긴 건 아닐까 걱정됐다. 게다가 스트레스 때문인지 원형 탈모까지 생기고, 자고 일어나면 배게 위엔 머리카락이 한 움큼씩 빠져 있었는데 정말 큰 병에 걸린 건 아닐까 불안했다.

사고 난 지 4개월 정도 됐을 땐, 소양증(피부가 간지러운 증상)이 동반되면서 열이 38도 이상 오르는 증상이 한 달 동안 지속되었다. 주치의가 피검사 좀 해보자며, 항생제 좀 맞아야겠다며 양팔, 손, 심지어 발까지 링거 주사를 놓는 통에 온몸이 바늘 자국으로 남아나는 곳이 없었다.

그곳이 간지러운 게 아무래도 이상해서 주치의에게 이야기했더니, 주치의는 엄마를 조용히 불러 "혹시 외출했을 때 남자친구 만나고 돌아다닌 거 아니냐"고 했다. 난 사고가 났을 때 이미 남자친구와 헤어진 지 1년이 넘었고, 살면서 원나잇조차 해본 적이 없다. 단지 그곳이 가렵다는 것만으로 날 문란한 사람으로 몰아갔을 땐 정말… 아무리 주치의여도 한 대 치고 싶었다. 내가 막 엄청 예쁘게 생겨서 남자를 홀리고 다니며 문란하게 사는 것도 아닌데 왜 그런 편견을 가지고 사람을 보는지 모르겠다. 뭐 나중에 큰 사건이 펑펑 터지는 바람에 주치의는 바뀌었지만.

한 달 가까이 수액을 달고 사는 개고생을 한 뒤 안 되겠다 싶어 스스로 산부인과에 찾아갔다. 질염이 생겼다고 했다. 면역력이 떨어져 있는 상태에서 공동 공간을 사용하다 보니 균에 취약해서 생긴 것이라고 했다. 질염은 산부인과에서 준 약을 3일 동안 먹고 바로 해결됐다. 소양증도 사라지고 열도 내렸다.

사고 난 지 7개월이 지났을 무렵, 처음으로 팬티에 피가 묻어 있었다. 물론 반나절도 채 가지 않아 끝났지만, 어찌나 반가웠는지 모른다.

'그동안 생리가 아예 멈춘 건 아니구나! 그동안 아파서 안 나왔던 게 맞나 보다.'

그리고 그다음 달, 또 피가 나왔다. 이번에는 좀 더 많이. 그래도 하루도 안 가서 끝났다. 산부인과에서도 몸이 완전히 회복되지 않았기 때문에 당연히 그럴 수 있다고 기다려 보자고 했다. 그래도 여전히 불안하긴 했다.

'이러다 조기폐경이 오는 게 아닐까? 나이 31살에?!'

사고 난 지 1년 됐을 때부턴 규칙적으로 한 달에 한 번씩 나오기 시작했다. 때론 하루에서 이틀까지 하기도 했다. 그래도 여전히 양은 적었다. 사고 난 지 2년이 다 되어가는 지금도 컨디션이 안 좋을 땐 하루면 끝날 때도 있고 길 때는 이틀 반 정도 할 때도 있다.

너무 억울한 건 이 문제에 대해선 아무 보상도 받을 수 없다는 거다. 교통사고와 직접적인 연관이 없다는 게 그들의 답이다. 사비로 해결해야지 뭐 어쩌겠나. 규정이 그런걸. 하긴 손도 아작이 났지만, 손은 혼자 재활할 수 있다며 '퇴원 후 통원으로 재활치료를 하는 건 불가능' 하다는데, 직접적인 손상이 없던 산부인과 질환을 보상해줄 리가 없다. 아무리 나일롱 환자가 많다 쳐도 애꿎은 나처럼 진짜

심하게 다친 환자만 손해를 보는 것 같아 억울하다. 이런 건 건강보험심사평가원에서 정당한 절차를 걸쳐 보상을 받을 수 있도록 규정을 개선해야 하는 게 아닌가 싶다.

한 달에 한 번, 사고 나기 전엔 생리할 때가 되면 짜증만 났다. 나는 결혼할 생각도 없었고, 애도 낳고 싶지 않은데 왜 이 고생을 해야 하나 싶었다. 생리 기간만 되면 한 달 중 길게는 일주일을 오롯이 몸 아픈데 온 신경을 투자해야 하니 시험 기간이라도 겹치면 짜증이 치솟았다.

'왜 나는 여자로 태어나서 남자들은 지금 멀쩡하게 공부할 텐데, 나는 생리 때문에 아파서 공부도 제대로 못해야 할까?' 불만만 많고 화만 났었다. 그러던 내가, 막상 생리가 나오지 않으니 걱정이 됐다.

생리 = 나와도 걱정, 나오지 않아도 걱정인 존재

나중에 좀 더 시간이 지나고 폐경이 올 때쯤이면 더 간절히 깨달았을 생리의 의미를 31살, 남들보다 조금 이른 나이에 교통사고로 깨달을 수 있었다.

내가 다시 연애를 할 수 있을까?
괜찮아 내가 있잖아

내 왼다리에는 엄청 큰 흉터가 있다. 교통사고 당시 무릎까지 오는 검은색 치마를 입고 있었다고 하는데 아마 그 치마가 버스 어딘가에 걸리면서 끌려간 것 같다고 들었다. 물론 나는 사고 전후로 한 달여간의 기억이 없어 내가 치마를 입고 있었는지, 어디서 사고가 났는지 전혀 기억이 나지 않는다.

치마를 입고 있었다는 것도 나중에 엄마에게 전해 들었는데, 엄마도 아침에 내가 나가는 걸 보지 못했기 때문에, 병원에 도착한 후 사고 당시 입었던 옷과 신발을 전해 받고 나서야 치마를 입고 나갔다는 걸 아셨다고 한다. 엄마는 그 치마를 포함해 신발이며 가방 모두를 버리셨다고 한다. 차마 딸의 피가 묻어있는 옷들을 가지고 있을 수도, 그렇다고 빨아서 입게 할 수도 없다고 하셨다.

깁스를 하고 있을 땐 흉터가 얼마나 큰지 알지 못했다. 그냥 하루에도 몇 번씩 의사가 와서 깁스를 풀고 약을 발라주길래 다리에 흉터가 있다는 것 정도만 추측할 수 있었다. 그리고 다리뿐만 아니라 손, 갈비뼈, 골반 등등 여러 군데 약을 발라줬기 때문에 다리 흉터가 이렇게 심한 줄 몰랐다.

그러다 사고 난 지 4개월쯤 됐을 때, 몇 달 만에 처음으로 샤워를 하며 흉터를 내 눈으로 직접 보게 되었다. 엉덩이 밑부터 종아리까지 이어지는 큰 흉터가 있었다. 부풀어 올라 있는 곳도 있었는데 만져보니 감촉이 마치 딱딱한 거친 나무껍질 같았다.

흉터를 고쳐보겠다고 성형외과며 피부과, 심지어 방사선 종양학과까지 가봤지만 좋은 소식을 듣진 못했다. 부위가 워낙 넓어서 피부 이식을 하기도 쉽지 않고, 무엇보다 살성 자체가 칼을 댄 부위는 두껍고 딱딱하게 변하는 켈로이드 체질이라 피부 이식 수술을 해도 지금처럼 다시 부풀어오를 가능성이 커 크게 좋아지진 않을 거라고 했다.

진한 갈색으로 변해버린 피부색이라도 좀 연해지라고 피부를 하얗게 만드는 약을 처방받아 몇 달째 바르고 있지만 큰 진전은 없다. 레이저로도 한계가 있고, 주사를 맞아도 한 달에 두 번씩 주기적으로 몇 년에 걸쳐 맞아도 조금 나아질까 말까 라고 했다.

아마 흉터가 작아지길 기대하며 사는 것보다는 그냥 내 몸의 일부라고 받아들이며 살아가는 편이 더 쉬울 것 같다. 뭐, 처음 본 사람들은 징그럽다고 생각할 수도 있지만 나는 계속 봐서 그런지 어떨 때 보면 모양이 코끼리 같이 생긴 게 귀엽기도 하다.

좋게 생각하면, 눈에 확 띄는 흉터가 있어서 처음 만난 사람과 할 이야기가 없어 뻘쭘할 때 흉터를 주제로 말문을 트면 친해질 수 있다는 장점도 있을 것 같다. 흉터가 얼굴이 아니라 다리 부분에 생겨서 정말 다행이란 생각도 든다. 아마 얼굴에 생겼으면 매일 거울을 볼 때마다 몇백 배는 더 속상했을 거다. 무엇보다 흉터를 볼 때마다 이 경험을 잊지 않을 수 있어서 감사하다.

나는 좋게 생각하려고 노력하고 있는데 주변에서 더 난리다. 깁스를 풀고 난 후 처음 아주대병원으로 진료를 받으러 갔는데 한여름인 8월인데도 불구하고 엄마는 사람들이 다 쳐다본다며 긴 바지를 입히려 해서 서운했다.

사람들이 다 쳐다보는 건 사실이었다. 지금이야 피부가 그나마 안정된 편이지만, 그땐 딱지가 생길 무렵이라 피도 나고 있었고 상태가 훨씬 안 좋았다. 어쩌면 엄마는 내가 상처받을까 봐 걱정돼서 한 말일 수도 있다. 그래서 한편으론 엄마의 세심한 배려가 감사하기도 했다.

병원에 입원할 땐 어쩔 수 없이 긴 환자복 바지를 입어 흉터를 가릴 수 있었지만, 퇴원 후엔 그럴 수 없었다.

퇴원하기 전에 열심히 인터넷으로 옷을 고르고 있는 내게 친구는 조심스럽게 짧은 치마 말고 긴 치마를 사는 게 낫지 않겠냐고 권유했다.

그러거나 말거나 나는 누가 보든 말든 떳떳하게 짧은 치마, 짧은 반바지를 입고 다닌다. 길거리를 다니다 보면 내 흉터를 빤히 쳐다보는 건 엄마 나이대의 아줌마들뿐이고 사실 나머지 사람들은 흉터가 있든 말든 나에게 큰 관심이 없다.

그 사람들이 너무 대놓고 빤히 쳐다볼 땐 불편하긴 하다. 하지만 아마 젊은 아가씨 다리에 이렇게 큰 흉터가 있으니 엄마 같은 마음으로 쳐다본 걸 수도 있고, 배려심이 조금 부족한 분들이 어쩌다 저렇게 됐는지 궁금해서 쳐다본 것일 수도 있다. 상대방에 대한 배려보다 본인의 호기심이 우선인 사람들의 시선을 신경 쓸 필요가 있을까.

이렇게 당당한 나도 사실 움츠러드는 부분이 있다. 바로 연애문제다.

'벗겨보면 온몸이 흉터인 나와 사귀려는 남자가 있을까? 아니 연애는 나의 다른 매력으로 커버할 수 있다 쳐도 결혼까지 이어질 수 있을까? 남자 쪽 부모님으로서는 이왕이면 성한 곳 없이 멀쩡한 사람을 원하지 않을까?'

이따금 친구들의 연애 소식에 나도 상상을 해보지만, 생각이 많아진다. 그러던 중 뇌출혈로 병원에 입원하신 한 아저씨 환자가 내 흉터를 보고 이런 말씀을 하셨다.

"시집은 못가겠네~ 그래서 어떻게 가겠어."

그 말 한마디가 얼마나 상처가 됐는지 사실 그때 병원에 몇 달 동안 관심 있게 보고 있던 남자 치료사가 있었는데 마음을 접어버렸다. 그 아저씨는 가볍게 장난식으로 말씀하신 걸 수도 있지만, 나에겐 한참 동안을 머릿속에서 그 말이 떠나지 않을 만큼 큰 상처가 됐다.

어쩌면 아저씨 말이 맞을지도 모른다. 사람마다 이성을 보는 관점이 다르니 내 흉터가 결혼에 걸림돌이 될 수 있을 것 같기도 하다. 지금은 꼭 결혼을 하고 싶다는 마음은 없지만, 살다 보면 좋은 사람이 생길 수도 있고 결혼을 하고 싶은 마음이 들 수도 있을지 모른다. 그런데 만약 남자가 이 흉터 때문에 결혼을 망설인다면 나도 이 남자와의 결혼은 다시 생각해보지 않을까 싶다. 교통사고는 내 인생에서 도저히 도려낼 수 없는 큰 사건이었고, 흉터는 이미 내 몸의 일부가 되었다.

그런 사람이라면 연애도 결혼도 하지 않아도 괜찮다. 그리고 무엇보다 교통사고를 통해 나는 '나'라는 가장 든든한 내 편을 얻었다. 한때 나 자신을 너무 미워하고 싫어해서 자살 시도까지 했던 나지만 이제 이렇게 애쓰며 살아난 나 자신이 너무 대견하고 자랑스럽다. 그 누구보다 사랑스럽다. 그래서 예전만큼 외롭다든가 연애를 하기 위해 애쓰고 싶은 마음이 없다. 이미 나 자체만으로도 충분히 행복하고 즐거우니깐.

훗날 만약 나를 좋아하는 사람이 생긴다면, 이 흉터가 그 사람이 진짜 나 자체를 좋아하는 건지 아니면 다른 조건들 때문인지 판단할 수 있는 '찐 사랑 탐지기'가 되지 않을까 싶다.

탐지기가 작동하는 미래의 어느 날, 가슴 아픈 사랑을 하지 않도록 흉터가 날 지켜줄 거라 믿어본다.

훗날 만약 나를 좋아하는 사람이 생긴다면,
이 흉터가 그 사람이 진짜 나 자체를 좋아하는 건지
아니면 다른 조건들 때문인지 판단할 수 있는
'찐 사랑 탐지기'가 되지 않을까 싶다.
탐지기가 작동하는 미래의 어느 날,
가슴 아픈 사랑을 하지 않도록
흉터가 날 지켜줄 거라 믿어본다.

그거 알아?
지금이 제일 날씬할 때야

'그거 알아? 지금이 제일 날씬할 때야.'

퇴원 후 친구에게 보낸 카톡 내용이다. 1년 반 병원생활 동안 몸무게가 20kg 가까이 쪘는데 설마 이 정도일 줄은 몰랐다. 4개월 동안은 골반을 굳히느라 누워만 있었으니 그렇다 쳐도, 그 이후 걷기 시작한 다음부터는 병원 안에서 나름 혼자 걷기운동도 했는데 이렇게까지 쪘을 줄 몰랐다.

퇴원 후 집에 왔는데 입을 옷이 하나도 없었다. 이렇게까지 살이 찐지 몰랐던 데는 고무줄로 된 환자복 바지도 한몫했다. 병원에 있을 땐 M (미디움) 사이즈가 넉넉하게 맞았으니 집에 오면 L (라지) 정도는 맞겠지 싶었다.

퇴원 전 신나게 인터넷 쇼핑을 했는데, 입어보고 난 후 옷들을 다 환불해야 하나 싶었다. 하나같이 맞지 않았다. 맞지 않아도 너무 안 맞았다. 아예 들어가지 않는 옷들도 많았다. 어떤 옷은 XL(엑스라지)도 맞지 않아서 2XL까지 사야 겨우 입을 수 있었다. 거울에 비친 내 모습에 우울해 졌다. 퇴원하면 예쁜 옷 입고 친구들도 만나고 신나게 놀 러 가고 싶었는데…. 허벅지에서 멈춰 있는 바지를 보고 한숨이 나왔다.

인스타에 올렸던 예전 사진들을 보며,
'아… 예전엔 이렇게 날씬했는데… 내가 어쩌다 이렇게 됐지?'
라고 생각하다가 문득, 저 사진을 찍을 때엔 내가 나를 날씬하다고 생각했었나 싶었다. 키가 작은 편이라 몸무게 가 적게 나가도 통통해 보이긴 했지만, 당시 나는 내가 '통 통'이 아니라 '뚱뚱'하다고 생각했다. 심지어 좋아하는 남 자에게 잘 보이려고 살을 10kg이나 빼서 40kg 초반이었던

적도 있었다. 몸무게가 빠졌는데도 전혀 슬림해 보이지 않는 나를 보며,

'골격도 여리여리하지 않고 키도 작아서 그런가? 살을 더 빼야 하나?'

라고 생각했었다. 지금 생각해보면 그땐 지금보다 덜 뚱뚱한 편이었다. 아니, 덜 뚱뚱한 정도가 아니라 훨씬 날씬한 정도였다. 그런데도 난 길거리를 지나가다 보이는, 키도 크고 늘씬늘씬한 여자들과 나를 비교했었다. 입고 싶은 스타일의 옷이 있어도 내가 이런 옷을 입으면 다른 사람들이 나를 욕하지는 않을까 걱정했었다. 그래서 남들 시선을 의식하며 옷을 사려다가 내려놓은 적이 많았다.

후회됐다. 그때 오프숄더도 입어보고, 딱 달라붙는 원피스도 입어볼걸. 짧은 미니 청치마도 너무 입고 싶었는데… 왜 나는 덜 뚱뚱했을 때 입고 싶은 옷을 안 입었을까. 그때 좀 입을걸. 어차피 이렇게 살이 쪄버릴 거였으면 입고 싶을 때 입을걸. 죽는 거 한순간인데 언제 사고 날지 모르는 게 인생인데, 그때 입고 싶은 거 다 입어볼 걸 싶었다.

그런데 바꿔서 생각해보면, 지금은 그냥 '뚱뚱이'지만 나중엔 '완전 더 뚱뚱이'가 될 수 있는 거 아닌가? 앞으로 무슨 일이 또 생길지 모른다. 만약 결혼하고 임신을 하게 되면 살이 지금보다 더 찔 수도 있는 거고, 육아를 하다 보면 몸매에 신경 쓸 틈도 없이 바빠 예쁜 옷은커녕 후줄근한 옷만 입을 수도 있다. 그리고 지금보다 더 나이가 들면 나잇살이 차서 빼고 싶어도 정말 뼈를 깎는 노력을 하지 않으면 생각만큼 잘 안 빠질 수도 있는 거다.

'그래! 그때 가서 그냥 뚱뚱이였을 때 입고 싶은 거 마음껏 못 입었다고 후회하지 말고 지금 입고 싶은 거 다 입어봐야겠다!'

어차피 길거리에 지나다니는 사람들은 기억도 안 날 사람들이다. 얼굴이 어떻게 생겼는지, 이름이 뭔지, 뭐 하는 사람들인지 모른다. 왜 모르는 사람을 신경 쓰며 나의 행복을 미뤄야 할까. 나중에 후회하지 말고 지금 하고 싶은 거 다 하고 입고 싶은 거 다 입고 살자.

어차피 길거리에 지나다니는 사람들은
기억도 안 날 사람들이다.
얼굴이 어떻게 생겼는지, 이름이 뭔지,
뭐 하는 사람들인지 모른다.
왜 모르는 사람을 신경 쓰며 나의 행복을 미뤄야 할까.
나중에 후회하지 말고 지금
하고 싶은 거 다 하고 입고 싶은 거 다 입고 살자.

내가 지금 20kg이 쪄서 못난 뚱뚱이가 됐다고 생각하고 츄리닝만 입고 다니면 못난 사람으로 남게 된다. 뚱뚱해도 내가 입고 싶은 옷을 입고 다니면, 나를 존중하고 나를 가꿀 줄 아는 사람이 된다. 지금 내가 뚱뚱할 수도 있다. 지나간 과거는 내가 관여할 수 없는 문제이니 과거에 살이 쪘든 날씬하든 없다 치고, 앞으로 살아갈 미래만 생각하면 지금이 제일 날씬할 때일지도 모른다. 그래서 나는 오늘도 사고 나기 전 그렇게 입고 싶었던 미니 청치마를 입고 외출을 한다.

'탈츄리닝'을 선언하고
패션쇼 모델에 도전하다

　말은 그렇게 했지만, 여름이 지나고 가을이 오자 나는 다시 츄리닝을 꺼내입기 시작했다. 여름엔 퇴원한 지 얼마 되지 않아 퇴원 기념으로 엄마의 금전적 후원이 있었다.

　"그래, 그동안 고생도 많았고 병원복 입느라 지겨웠을 테니 이 돈이라도 옷 사 입어라" 라며 주신 돈으로 열심히 청치마도 사 입고 그동안 입고 싶었던 옷을 신나게 사 입었다.

　문제는 날씨가 쌀쌀해지면서부터 시작되었다. 점점 두꺼운 옷들은 필요해지는데 엄마의 후원은 끊겼다. 내가 집에 있다는 게 익숙해졌는지 이젠 엄마를 비롯한 가족들은 나를 더이상 환자로 보지 않았다. 다시 나는 그냥 취준생, 백수가 되었다.

어쩔 수 없이 그렇게 또 츄리닝 입는 인간이 되었다. 츄리닝이 나쁜 옷은 아니다. 이보다 편할 수가 없다. 물론 직장에 다니고 있지 않기 때문에 기껏 가봤자 카페 정도지만, 츄리닝을 입었을 때와 갖춰 입었을 때 나의 자세, 나의 애티튜드(attitude)는 어떤가.

츄리닝을 입었을 땐 나도 모르게 늘어진다. 츄리닝에 구두를 신을 수는 없으니 쓰레빠를 신고 편의점에 간다. 편하고 늘어진다. 문제는 늘어지는 거다. 나는 내가 늘어지는 게 싫다. 정장을 입겠다는 게 아니다. 패피처럼 꾸안꾸 스타일로 멋들어지게 입겠다는 게 아니다. 축축 늘어지지 않고 적어도 삶에 약간의 긴장감은 갖고 살고 싶다. 영원히 백수일 것만 같은 늘어짐에서 벗어나고 싶었다.

무엇보다 나를 존중하고 가꾸며 살고 싶다. 교통사고 이후 나의 꿈은 '몸도 건강, 마음도 건강한 귀여운 할머니로

늙고 싶다'가 되었다. 내 꿈에 후줄근한 츄리닝을 입은 할머니는 없다. 할머니가 되어도 백발 머리에 꽃분홍색 조끼를 입고 다니는 귀여운 할머니가 되고 싶다. 그래서 '탈츄리닝'을 선언했다. 이젠 적어도 카페에 갈 때만큼은 츄리닝을 입지 않겠노라 선언했다.

내친김에 겨울옷까지 꺼내서 그나마 맞는 옷은 남겨두고, 못 입는 옷들은 골라내 아름다운 가게에 기부했다. 물론 옷장 저 깊숙이 먼지가 켜켜이 쌓인 상자 밑바닥까지 뒤져봤지만, 입을 수 있는 옷들이 많지 않았다. 그래도 어쩌겠는가. 내가 할 수 있는 범위 내에서 내 행복을 찾아가야 하지 않겠는가.

탈츄리닝을 선언한 김에 그나마 맞는 면바지와 맨투맨 티를 입고 카페에 나가봤다. 카페로 향하는 길, 날씨는 조금 쌀쌀했지만 가을꽃들이 길옆에 예쁘게 피어 있었다. 카페로 가는 10분도 채 되지 않는 시간 동안 기분이 100점 만점에 10점에서 60점까지 올라간 것 같았다. 츄리닝을 입고 쓰레빠 질질 끌며 편의점에 갈 때와는 달랐다.

상황 자체가 달라지진 않았다. 여전히 백수고, 매일 나가는 직장도 없다. 그래도 내가 아무 가치 없는 사람이 아니라 '나도 뭔가 하는 사람이다' 라는 생각이 들었다. 나의 존재감이 느껴졌다. 츄리닝을 입고 터덜터덜 카페로 향하던 어제와는 달랐다. 츄리닝을 입지 않고 다른 옷만 입은 한 번의 작은 행동의 변화가 기분의 변화로, 그리고 나라는 사람에 대한 존재감의 차이로 이어졌다.

물론 매일 돈을 들여가며 카페에 갈 수는 없었다. 그럴 땐 츄리닝 대신 청바지를 입고 집 앞 벤치에 앉아 노래를 들었다. 그렇게 탈츄리닝을 실천하던 중 친구에게 톡이 왔다.

'여기 한번 도전해보는 거 어때?'

친구가 보내준 링크엔 국내 1호 내츄럴사이즈 모델 '치도'가 여는 '제2회 사이즈 차별 없는 패션쇼' 소개 영상이 들어 있었다. 사이즈 차별 없는 패션쇼는 날씬하다 못해 깡마른 사람만 도전할 수 있는 전형적인 패션쇼가 아닌 다양한 몸무게, 다양한 키를 가진 사람들을 모델로 뽑아 여는 패션쇼였다.

키와 몸무게 공개는 물론이고 참가서에 첨부해야 할 사진들도 여러 가지, 심지어 동영상까지 찍어야 하는 걸 보고 망설여졌다. 그래도 살이 찐 내 모습을 보며 "임신했냐?"며 놀린 엄마에게도, "여기 이 환자 살 빠지는 침 좀 놔주세요~" 라며 비아냥거렸던 간호사에게도, 키가 작고 뚱뚱해도 충분히 예쁠 수 있다는 걸 보여주고 싶었다.

용기 있게 도전을 했고, 1차 서류심사와 2차 면접까지 통과해 최종 10명 안에 선발이 되었다. 다양한 이유로 사회의 편견에 눈물을 흘렸던 우리 모델들은 가장 나다운 모습으로 촬영에 임했다.

친구가 추천을 해줬을 때 키가 작다는 이유로, 뚱뚱하단 이유로, 다리에 엄청나게 큰 흉터가 있다는 이유로 망설이고 도전을 하지 않았다면, 누구도 해보지 못할 이런 특별한 경험을 얻진 못했을 거다.

상황 자체가 달라지진 않았다.
여전히 백수고, 매일 나가는 직장도 없다.
그래도 내가 아무 가치 없는 사람이 아니라
'나도 뭔가 하는 사람이다'라는 생각이 들었다.
나의 존재감이 느껴졌다.
츄리닝을 입고 터덜터덜 카페로 향하던 어제와는 달랐다.

'탈츄리닝'을 선언하고
패션쇼 모델에 도전하다

망설임 앞에서 용기 내 한 발자국 내딛는 것, 내가 원하는 것(몸도 건강 마음도 건강한 귀여운 할머니가 되는 것)이 무엇인지 정확히 알고 조금씩 나를 바꿔나가는 것, 그것이 탈츄리닝부터 패션쇼까지 이어진 이 값진 경험을 통해 내가 배운 것들이었다.

경단녀 아니고,
'새로 도전하는' 사람이야

사고 전에 나는 다니던 직장에서 정규직 전환이 되지 않아 퇴사를 하고 이직을 준비하던 중이었는데, 사고까지 나면서 의도치 않게 2년을 넘게 쉬게 되었다. 면회 오는 사람들은 대부분

"그렇게 큰 사고가 났는데도 이만하니 다행이다. 고생이 많네. 우리 퇴원하면 어디 여행이라도 가자. 가서 고생한 거 훌훌 털어버리고 다시 새로운 일 찾으면 돼."

라며 위로를 해줬지만,

어떤 사람은

"입원한 지 얼마나 됐지? 원래도 좀 쉬지 않았어? 그럼 이제 경단녀 된 거네? 나 이번에 롯땡에서 진급했잖아. 화장품 사고 싶을 때 내 이름 대면 할인받을 수 있으니깐 퇴원하고 싸게 사다 발라~."

라며 굳이 문병까지 와서 내 속을 긁어놓고 갔다.

생각지 못한 후려치기를 당한 나는 마음에 상처를 입고 내 생에 처음으로 카톡 차단이라는 걸 해봤다.

사실 그 사람이 없는 말을 한 건 아니었다. 2년을 넘게 쉬었으면 흔히 말하는 경단녀가 맞긴 맞다. 하지만 아무리 맞는 말을 하더라도 '아' 다르고 '어' 다르다. 그것도 문병을 온 사람이 아픈 사람을 앞에 두고 할 이야기는 아니었던 것 같다.

고등학생 때부터 알고 지낸 친구에게 동창들 근황을 전해 듣다 보면, 나도 모르게 의기소침해질 때가 있다. 누구는 행정고시 5급에 붙었다더라, 누구는 어느 대기업에서 연봉 몇천을 받고 일한다더라 라는 이야기를 들을 때마다 병원에 누워 아무 돈벌이를 못하고 있는 내가 한심해 보일 때도 있다.

'나는 여기서 뭐하는 거지? 나도 돈도 벌고 연애도 하고 싶은데…. 난 아무 잘못도 없는데. 난 교통법규 잘 지켜가며 횡단보도 잘 건너고 있었는데. 잘못은 버스기사가 했는데 왜 내가 여기서 이런 고생을 하고 있어야 하지?'

억울함이 물밀 듯 밀려올 때도 있다. 그런데 남과 비교하기 시작하면 굳이 병원 '안'에 있는 내가 아니더라도 밖에 있던 '나'와 비교해도 질투가 날 것 같았다. 한도 끝도 없을 것 같았다. 중요한 건 내가 남을 부러워하듯 어딘가에 나를 부러워하는 사람이 있을 거라는 것이다.

사람들은 흔히 자기가 원하는 자신의 모습이 있다. 어떤 사람은 연봉 얼마 정도에 집은 어느 지역에 어떤 아파트 정도는 사야 한다고 생각한다. 또 어떤 사람은 꼭 물질적인 게 아니더라도, 영어를 잘했으면 좋겠다든가 아니면 연예인처럼 날씬해지고 싶어 하기도 한다. 그리고 그 이상적인 모습과 현실의 내가 일치하지 않을 때, 내가 원하는 모습을 가진 사람들을 부러워하며 시기하고 질투를 한다.

　여기서 두 가지로 갈라진다. 어떤 사람은 질투만 하며 그대로 그 자리에만 머무르고, 반면 어떤 사람들은 그 사람처럼 되기 위해 노력을 하고 하나라도 따라 배운다. 남을 질투만 하며 부정적인 생각들로 시간을 흘려보내는 것보단 조금이라도 더 나은 내가 되기 위해 '의미 있는' 일로 시간을 채워나가는 게 좋지 않을까. 나는 후자를 선택했다. 그리고 퇴원 후 어렸을 적 꿈인 수의사에 도전해보기로 했다.

　아주대병원에 실려 왔을 당시, 내 왼손은 열려 있는 상태였다고 한다. 버스에 치이면서 손이 아스러지다시피 했는데 '개방성 골절'이 된 손 재활에만 요양병원에 있던 1년을 온전히 투자했는데도, 난 여전히 왼손으로는 주먹을 완벽히 쥘 수 없다. 그래서 손이 불편한 내가 과연 생명을 다루는 수의사가 되는 것이 맞는지 고민이 됐다.

　고민만 한다고 답은 나오지 않았다. 현직자한테 직접 물어보는 수밖에 없었다. 외박 나오는 날이면 집 근처 동물 병원에 가서 수의사 선생님께 물어보고, 수의사가 여는 강연을 들으러 가서 마지막까지 남아 질문을 드렸다. 모두 공통적으로 '왼손으로 핀셋을 집을 수 있는 정도면 상관없다' 라고 하셨다. 그 말을 들은 이후 내 아침 일과에는 새벽 5시에 일어나자마자 왼손으로 핀셋을 잡고 얇은 머리끈 한 통을 빈 통으로 옮기는 연습이 추가되었다.

양손 모두 멀쩡한 사람이 부럽지만, 부러워해도 다시 사고 나기 전으로 돌아갈 수는 없다. 그래서 받아들이고 어떻게든 좋은 쪽으로 생각하고 노력을 하기로 했다. 아예 손가락이 절단된 것보단 낫다고, 연습하면 핀셋을 집을 수 있으니 다행이라고 생각했다.

32살, 신입사원 원서를 내자마자 떨어질 나이이지만 '나는 경단녀 아니고, 새로 도전하는 사람이야!' 라고 속으로 수천 번 수만 번을 되뇌고 아침이면 누구보다 빨리 일어나 공부를 하고, 소등시간인 밤 9시가 넘으면 책 대신 핸드폰에 찍어둔 필기 내용을 암기했다. 쉽지 않았다. 뼈가 붙은 후에도 몸 여기저기가 아팠기 때문이다. 10일 중에 8~9일은 누구한테 구타당하는 것처럼 온몸이 아팠다. 어제는 파스를 손가락에 붙였다가, 내일은 어깨에 붙였다가, 모레에는 목에다 붙였다. 오죽했으면 병원에서 내 별명이 '안양 파스녀'였을까.

대학교를 졸업한 내가 수의사가 되기 위해서는 수의대에 편입을 해야만 한다. 마음은 너무 간절한데 몸은 따라주지 않고, 수의대에 편입하고 싶은 사람은 차고 넘치는데 전국에 10개 밖에 없는 수의대 편입 문은 바늘구멍보다 더 좁아 보인다. 속상한 마음에 수의대 편입 카페에 글을 올렸었다. 그냥 누구라도 내 이야기를 들어줬으면 하는 마음에 넋두리하듯 올린 글에 놀랍게도 댓글이 여러 개 달렸다.

'아이고, 속상하시겠어요.
시간은 흘러가고 환경은 안 따라주고, 몸도 아프신데 핸드폰 불빛으로라도 공부하는 의지가 정말 대단하세요. 뭘 하시더라도 잘하실 거예요.'

'저도 편입을 처음 도전했을 때가 31살이었는데 처음에 한 번 실패한 후 마음이 조급해져서 다시 다니던 직장을 다녔어요. 그리고 5년이 지나 다시 도전하게 돼서 지금은 그때보다 훨씬 나이를 먹었지만, 편입에 성공했어요.'

'자꾸 뒤처지는 마음에 속상하시겠지만, 잘 쉬시고 건강을 회복하는 게 앞으로 하고 싶은 일을 하시는데 더 중요한 바탕이 되지 않을까 싶어요. 힘내시길 바랍니다.'

맞다. 수의사든 뭐든, 앞으로 내가 하고 싶은 일을 하기 위해서는 내 몸부터 회복하고, 체력부터 기르는 게 중요하다. 물론 편입 원서 접수 일자가 다가오면 다가올수록 마음은 더 조급해졌다. 운동은 제쳐두고 습관적으로 책부터 펼칠 때가 있다. 하지만 길게 보면 편입 후 4년 동안 공부를 하기 위해서도, 병원에서 아픈 동물들을 치료하기 위해서도 내 몸부터 먼저 최대한 사고 전과 가깝게 되돌려 놓는 게 우선이다.

문이 워낙 좁으니 한 번에 좋은 결과가 나오지 않을 수도 있다. 하지만 이렇게 죽을 고비를 넘기고 살아 숨 쉬는 것만으로도 이미 대단한 일을 하고 있는데, 열심히 살려고 까지 하니 정말 대견스럽다. 여러 번 시도해봤는데도 안될 수도 있다. 그래도 노력을 하다 보면 뜻하지 않게 다른 문이 열리기도 하지 않을까. 그리고 나를 믿고 노력할 기회가 있다는 것 그 자체만으로도 충분히 감사할 일이다.

교통사고를 통해 몸이 아프다는 게 얼마나 힘든 것인지 너무 잘 안다. 아프지만 마음껏 표현하지 못하는 동물들과 병원에서 아프다고 말도 못하고 적재물 보관실에서 울기만 했던 나와 비슷하다는 생각이 들었다.

동기는 이미 충분하니 좀 더 여유를 갖고 조금씩 발걸음을 떼어볼까 한다.

나란 사람,
칭찬에 야박한 사람

"옳지! 잘했어~ 아이고 예뻐! 조이, 너무 잘하네~."

강아지가 밥을 먹어도, 오줌을 싸도, 똥을 싸도, 목욕할 때도, 심지어 '방방 두 발로 뛰지 않고 네 발이 모두 땅에 닿았을 때'도 칭찬을 해준다. 이따금 강아지가 베란다 밖을 보며 짖는 문제 행동을 하려고 하다가 그냥 돌아올 땐 폭풍 칭찬을 해준다.

수의대 편입을 준비하면서 반려견 행동 교정사 수업에서 들은 바로는, 강아지 훈련에 있어서 가장 중요한 건 '잘한 건 즉각 칭찬해주고, 못한 건 그러려니 하고 넘기는 것'

이라고 한다. 잘한 행동에 대해선 칭찬으로 행동을 더 강화하고, 잘못한 행동에 대해선 아무런 반응 없이 조용히 넘김으로써 문제 행동이 점차 소거될 수 있도록 하는 것이다.

무언가 강화하고 싶은 행동을 했을 땐 시간을 들여 지속해서 칭찬을 해줘야 한다고 한다. 예를 들어, 엉뚱한 곳에 오줌을 싸지 않고 배변 패드에 잘 싸면 "옳지"라는 칭찬을 생후 1년이 될 때까지는 지속적으로 해줘야 한다고 한다.

강아지는 사람이 쓰는 언어 체계를 이해하지 못한다고 한다. 우리의 억양이나 소리의 크기, 행동으로 구별한다고 한다. 그래서 칭찬을 할 때도 억양을 넣어 해야 한다고 한다. 우리가 아무리 '이렇게 해라, 저렇게 해라' 라고 말을 해도, 강아지로선 마치 한국인인 우리가 어느 날 아프리카 한가운데에 떨어진 것 같은 느낌일 거다. 수업을 듣기 전까진 나도 이런 사실을 몰랐다.

처음 수업을 들었을 때, 내가 키우는 강아지 조이에게 칭찬을 해주라고 하는데 도통 어떻게 칭찬을 해줘야 할지를 모르겠는 거다. 어색하고 오글거렸다. 선생님이 얼른 칭찬을 해주라고 하셔서, "옳지" 라는 말을 하긴 했는데, 칭찬하는 게 아니라 그냥 "옳지" 라는 단어를 내뱉는 느낌이었다. 하긴 칭찬이란 걸 해본 적이 거의 없으니 당연히 그럴 수밖에.

나는 살면서 칭찬을 해본 적도 들어본 적도 많지 않은 것 같다. 특별히 기억나는 일이 없다. 나 스스로 나에게 이렇다 할 칭찬을 해본 적이 거의 없다. 대학교에 붙었을 때도, 취업에 성공했을 때도, 속으로 그냥 이렇게 생각했다.

'될 만하니깐 됐겠지 뭐. 내가 잘해서 됐겠어? 남들 다 하는 건데 뭐.'

한번도 나 자신에게 이런 칭찬을 해준 경험이 없었다.

'잘했어! 너무 잘했다. 너니깐 할 수 있는 거야~ 네가 노력해서 이뤄낸 거야!'

분명 부모님이나 지인이 나에게 칭찬을 해준 적이 살면서 한두 번쯤은 꼭 있었을 텐데, 기억이 나는 게 없다. 생각해보니 분명 칭찬을 듣긴 했을 텐데 "에이~ 아니에요" 라고 쑥스러워하며 넘겼었던 것 같다.

나뿐만이 아닐 거다. 한국인의 대부분이 칭찬을 있는 그대로 받아들이질 못한다. 누군가가 칭찬을 해도 그냥 "전 아무것도 아니에요~" 라며 넘겨버릴 때가 다들 한두 번쯤은 있을 거다. 나 스스로에게 칭찬해준 경험도 없고, 남의 칭찬을 온전히 받아들인 경험도 없으니 강아지를 칭찬하는 게 당연히 어색하고 힘들 수밖에.

그런데 어색함을 이겨내고 계속해서 억지로라도 칭찬을 하다 보니, 나날이 칭찬하는 기술이 늘었다. 익숙해지고 자연스러워졌다. 억양도 많이 좋아졌다. 처음에 했던 로봇처럼 어색한 "옳. 지"가 아니라 이젠 "옳~지!!" 가 되었다.

얼마 전 조이가 베란다 밖을 보며 짖는 행동을 멈췄을 땐, 나 스스로도 얼마나 뿌듯했는지 모른다.

자꾸 하다 보니 칭찬을 하는 것이 자연스러운 일상이 되었다. 강아지에게만 했던 칭찬을 가족들에게도 하고, 나 자신에게도 한다. 어제도 친구를 만나 카페에서 커피를 마시려다가 '벌써 4시인데, 지금 커피를 마시면 잠 못 자겠지? 그럼 리듬이 깨지겠지?' 라고 생각하고 자몽에이드를 주문했을 땐, 속으로 '옳지' 라며 칭찬을 해줬다.

한때 칭찬에 야박했던 내가, 칭찬을 연습하다 보니 언젠가부터 주눅드는 건 줄어들고 잘한 행동에 대한 기억만 남아 자존감이 올라갔다. 잘하지 못한 행동을 되뇌며 '나는 왜 이럴까?' 자책하는 습관도 줄어들었다. 그러다 보니 하루하루가 즐겁다. 오늘 하루를 더 알차게, 건강하게 보내고 싶은 마음이 생겼다.

잘못 행동을 했을 때도 마찬가지다. 강아지가 핸드폰 충전기를 물어뜯는다든가 했을 때 '그럴 수 있지. 이가 나기 시작하는 시기라 간지러워서 그랬나 보다' 하고 넘겨버리고, 대신 충전기는 바닥에 떨어뜨리지 않도록 책상에 테이프로 고정해놨다.

나 자신에게도 마찬가지다. 스트레스를 받으면 라면을

엄청나게 짜게 끓여 먹는 습관이 있다. 짜거나 매운 걸 먹으면 스트레스가 풀리면서 마음이 차분해진다.

예전 같으면
'내가 왜 또 라면을 먹었을까. 살도 찌고 몸에도 안 좋은데…. 난 역시 먹는 것조차 조절을 못 하는 사람인가 봐.'
했을 텐데,

지금은
'내가 스트레스를 많이 받았구나. 다음엔 라면 말고 차라리 비빔국수를 먹자.'
라고 생각하고 넘겨버린다.

그렇게 넘기다 보니 자연스레 습관처럼 했던 자책이 줄어들고, 라면을 먹는 날보다 비빔국수를 해 먹는 날들이 많아졌다.

칭찬도 연습이더라. 연습하면 되더라.
혹시 오늘도 잘못한 행동만 강화하는 '자책'만 반복하고 계신 분들이 있다면 강아지 훈련을 하듯 나 자신에게도 '잘한 행동은 무한칭찬, 못한 행동은 그러려니 하고 넘기는 연습'을 해보는 게 어떨까? 내가 보장한다. 분명 조금씩 좋아질 거다.

지 긋 지 긋 에 서
'애 틋'으 로 변 한 ,
우 리 가 족 이 야 기

PART 004

가족이 다 같이 모여
밥을 먹는다는 것의 의미

　내겐 우리 네 식구가 모두 모여 밥을 먹는다는 일이 특별한 의미가 있다. 내가 교통사고로 병원생활 1년 반을 하기 전, 아빠는 간이식 수술을 받느라 한동안 병원에 입원해 있었다. 그러니 그것까지 따지면 거의 2년 가까운 시간 동안 네 식구가 모여 밥 한끼를 먹어본 적이 없다.

　퇴원하는 날, 가족이 다 같이 모여 삼겹살을 구워 먹은 게 내게 얼마나 큰 의미가 있는지 모른다.

　오늘 다같이 모여 저녁을 먹다 문득 나도 모르게 눈물이 나왔다. 가족이 다 모였다는 안도감에 울음이 터져나왔다.

"왜 그래, 무슨 일이야? 어디 아파? 뭐 잘못 씹었어?"

"아니···. 그게 아니라 이렇게 식탁에 우리 네 명이 다 앉아 있는 게 너무 안심이 돼서 자꾸 눈물이 나와. 이상해."

식탁 4개의 선마다 우리 가족 한 명 한 명이 무사히 앉아 있다는 게 새삼스럽고 감사했다. 한동안 우리 집 식탁엔 나와 엄마 단둘이만 앉아 밥을 먹을 때도 있었고, 내가 사고 난 지 얼마 안 됐을 땐 아빠만 혼자 식탁에 앉아 밥을 드셨다. 그 이후엔 주로 나 빼고 엄마, 아빠, 동생 셋이서만 밥을 먹었다.

입원 중 아빠 생신 때 외박을 나온 적이 있다. 몸보신하라고 목살과 장어구이를 먹었다. 그땐 사실 가족이 모두 모였다는 안도감보다는 밍밍한 병원 밥 대신 오랜만에 집밥을 먹는다는 감동이 더 컸다. 거의 7개월 만에 처음 엄마가 해준 밥을 먹었는데, 얼마나 맛있었는지 모른다. 엄마 손맛은 세상 어떤 조미료를 탄 것보다 백 배 더 맛있었다.

입안 가득 밥을 문 채로 펑펑 울다가 문득 이런 생각이 들었다. 아빠가 간이식 수술을 받았을 때도, 내가 교통사고를 당해 병원에 있을 때도 때론 아빠가, 때론 엄마가, 때론 동생이 혼자 이 식탁에 앉아서 밥을 먹었겠구나. 밥은 다 같이 모여 먹어야 더 맛있는데 혼자 그냥 끼니를 때워야 해서, 생존을 위해 먹는 밥이니 맛이 있는지 없는지조차 제대로 알고 먹었을까. 이따금 맛있는 음식을 먹다가도 얼마나 마음이 무거웠을까.

내가 가끔 병원에서 냉면 같은 맛있는 음식이 나올 때 엄마, 아빠, 동생이 생각나는 것처럼 다른 식구들도 내 생각이 났을 것 같다. 이제 더는 다시 병원으로 돌아가지 않아도 돼서, 집에서 엄마 손맛이 첨가된 맛있는 집밥을 함께 먹을 수 있게 되어 감사하다. 오늘도 내일도 네 식구가 모여 밥을 먹을 수 있어 감사하다.

식탁에 우리 가족 한 명 한 명이 무사히 앉아 있다는 게
새삼스럽고 감사했다.
이제 더는 다시 병원으로 돌아가지 않아도 돼서,
집에서 엄마 손맛이 첨가된 맛있는 집밥을
함께 먹을 수 있게 되어 감사하다.
오늘도 내일도 네 식구가 모여
밥을 먹을 수 있어 감사하다.

난 엄마가
내가 왜 우울증에 걸렸는지
아는 줄 알았지

전국의 따님들, 엄마와 사이 좋으신가요?

사실 이렇게 물어보는 나도 그러지 못하다. 엄마 뱃속에서 태어나 엄마와 얼굴 보며 산 지 32년이 되었지만 난 아직도 엄마를 잘 모르겠고, 엄마도 딸인 나를 잘 모르는 것 같다. 가끔 내게 상처 주는 말을 툭툭 무심코 내뱉는 사람들을 만날 때면 이렇게 생각한다.

'어휴, 32년을 같이 산 엄마도 날 잘 모르는 거 같은데, 본 지 며칠 되지도 않은 저 사람이 날 알면 얼마나 안다고 저런 말을 하겠어. 그냥 넘기자.'

가끔 엄마를 보면 나를 사랑하는 게 맞긴 한지 궁금할 때가 있다. 어렸을 땐 알코올 중독인 아빠만 바라봤던 엄마. 커서는 병원생활하느라 20kg이 찐 딸에게 아무렇지도 않게 "임신한 것 같다"라고 하는 엄마. 엄마와 나는 늘 평행선을 달리고 있는 것 같다.

엄마와 뒤틀려진 관계를 끌어안고 산 것만 32년.

교통사고를 당하며 느낀 게 하나 있다면, 우린 언제, 어떻게 죽을지 모른다는 거다. 하루아침에 버스에 치여 죽다 살아나다 보니 하루하루가 너무 소중해졌다. 그 하루하루를 엄마와 싸우는 데 쓰고 싶지가 않았다. 엄마와의 관계를 회복하고 싶었다. 그래서 엄마를 관찰하며 느낀 점을 다음 '브런치'에 기록하고 있다.

관찰하면 할수록, 기록하면 할수록 엄마가 어떨 땐 이해가 가지만, 또 어떨 땐 너무 큰 간극을 느끼고 뒤로 물러설 때가 있다. 하루는 엄마와 우울증 이야기를 하다 이런 말을 들었다.

"난 네가 그냥 대학교 떨어져서 우울증 걸린 줄 알았어."

말도 안 되는 소리다. 내가 우울감을 느끼기 시작한 건 여섯 살부터였다. 아마 정신과에서 진단을 받지 않았을 뿐 소아 우울증이 있었는지도 모른다. 고등학생이었던 내게 목표는 오직 하나였다. '전쟁터같은 집에서 벗어나는 것.'

그래서 집에서 멀리 떨어진 대학교에 합격해 기숙사나 자취방에서 살고 싶었다. 생활비와 월세를 감당하려면 과외 알바라도 해야 하고, 졸업 후엔 취업도 바로 해야 하니 적어도 남들이 우러러보는 상위권 대학교쯤은 들어가야 한다고 생각했었다.

집에서 벗어나 내가 독립할 수 있는 자립 요건을 만들고 싶었다. 그런데 우울증은 그것마저 하지 못하게 했다. 원하던 대학교에 붙었지만 재수하겠다고 거짓말로 둘러댈 수밖에 없었다. 끊임없이 자신을 채찍질하며 달렸던 중학교부터 고등학교까지 6년의 기간은 나를 번아웃 시켰다.

간절히 쉬고 싶었다. 마음에 어떠한 힘도 남아있지 않았다. 그래서 재수를 핑계 대고 방문을 걸어잠근 채 하루종일 울다 잠들다를 반복했다. 그러다 자살을 하고 싶단 생각에까지 이르자 스스로 정신과 문을 두드렸다.

여기까지가 내 시선에서 바라본 우울증의 전말이고, 엄마의 시선은 원하던 대학에 떨어져서 실망이 컸는지, 재수 공부하느라 스트레스를 너무 많이 받아 우울증에 걸렸는지, 어느날 갑자기 멀쩡하던 애가 정신과에 다니고 있다며 고백한 것이었다. 이렇게 오래 아팠는지도, 자살하고 싶단 마음이 들 정도로 심각한지도 모르셨다.

엄마와 나, 우리는 그동안 대화가 너무 없었다. 내가 엄마를 잘 알지 못하는 것처럼 엄마도 나에 대해 너무 몰랐다. 32년을 살며 처음으로 내가 언제부터, 어떻게 우울하기 시작했는지 말씀드렸다.

엄마는 전혀 눈치를 못 채셨던 것 같다. 눈물을 보이셨고 자책의 말도 쏟아내셨다. 그 정도로 심각한데도 엄마인 자신이 몰랐다면, 오히려 엄마가 정신병원에 입원했었어야 하는 거 아니냐고 하셨다.

그날 몇 분의 대화로 32년 동안 쌓인 우울과 불안이 한 번에 사라지지 않을 거라는 걸 알고 있다. 관계 회복을 위해서는 엄마와 나, 둘 다 더 많은 대화를 하고 서로를 이해하기 위해 노력해야 한다. 그래도 단 한 가지 만족했던 부분이 있다면, 내 마음속 한쪽, 늘 혼자 이불을 덮고 울고 있는 여섯 살의 어린 나에게

"엄마, 나 그동안 많이 불안하고 힘들었어요!"

라고 소리 내 말할 수 있는 기회를 주었다는 점이다.

난 엄마가 왜 '고터'를 그렇게 자주 가는지 몰랐지

"채원아~ 이것 좀 봐줘 봐! 이렇게 입으면 어때?"

친구 아들 결혼식장에 가야 한다며, 결혼식이 일주일이나 남았는데 엄마는 바쁘다.

"여기에다 이거 입으면 어때? 어휴…, 옷이 없어서."

"엄마 옷 많은 것 같은데? 나보다 훨씬 많아. 내가 없지~ 엄만 많아."

"이거 다 만 원짜리거든?"

엄마는 한창 꾸미고 다닐 나이인 나보다 훨씬 옷이 많다. 옷은 많지만, 엄마 옷장엔 명품 가방도, 구두도, 모피도 없다. 이따금 메이커 옷 하나둘 보이지만, 산 지 몇 년이나 지난 낡아빠진 옷들이다. 그런데도 엄마가 옷을 못 입는다는 생각을 해본 적이 없다. 엄마가 창피하다고 느낀 적도 없다. 가끔 내 스타일과 다른 옷을 입을 땐 있지만, 나이 들어 보이게 입는다든가 추레하다는 생각을 한 적이 한 번도 없다.

몇 년 전, 면접 준비를 하면서 예상 질문에 대한 답을 적어보다가, 엄마한테 '엄마는 스트레스를 어떻게 푸는지' 물어본 적이 있다.

"나? 글쎄… 취미는 딱히 없는데…. 밥하고 청소하느라 바빠서. 아! 가끔 고터 가서 옷 구경하지~."

'고터'는 고속터미널역의 줄임말이다. 고속터미널역 지하상가에는 옷 상점들이 쭉 줄지어 늘어서 있다. 대부분 저렴한 가격대의 옷들이 많아서 주머니 사정이 넉넉하지 않은 젊은이들이 많이 찾곤 한다. 외출했다 집에 돌아왔는데 엄마가 없으면 핸드폰 너머 들려오는 엄마 목소리는 "어~ 엄마, 고터 왔어" 일 때가 많았다.

아빠가 술을 많이 드셔서 속상할 때, 철없는 내가 엄마속 썩일 때, 집안일에 지치고 힘들 때면 엄마는 고터를 가셨다. 복잡한 곳을 싫어하는 나는 고터처럼 사람들이 미어터지는 곳을 왜 자처해서 가는지 이해가 안 됐다. 그리고 '옷 구경 하면 사게 되지 않을까? 돈이 어딨다고 매번 갈 때마다 어떻게 사나?' 싶었다.

"갈 때마다 옷 사는 건 아니지~ 거의 옷 구경만 하다 와. 그래도 구경하다 보면 스트레스가 풀려!"

엄마는 정신없이 엄마한테 맞는 옷을 찾아다니는 과정이 재밌으신가 보다. 저렴하면서 엄마가 가진 옷들과 매치했을 때 잘 어울리는 옷을 찾으면 스트레스가 풀린다고 하신다. 빈손으로 오실 때가 더 많지만, 어쩌다 한 번 고터를 다녀오면 옷 한두 벌씩 들고 오실 때가 있다. 사 온 옷을 보면 비싼 옷도 아니다. 만원, 만 오천 원, 어떨 땐 7~8천 원짜리도 있다.

오늘도 엄마는 고터에서 산 옷들을 이리 조합해보고 저리 조합해보면서 결혼식장에 입고 갈 옷들을 매치해보셨다. 고르다고르다 결국 고른 건, 이모가 준 가죽 재킷. 내가 발이 부어서 못 신게 된 부츠. 산 지 5년은 족히 넘은 치마다. 모자만 아웃렛에서 3만 얼마짜리가 너무 예뻐 보여서 고민하다 나와 같이 쓰려고 지르신 거다.

'이럴 때 입고 갈 멋들어진 옷 하나 사드리고 싶다….'

나이가 서른이 훌쩍 넘었는데 엄마에게 명품은 커녕 십얼마짜리 옷 한 벌 못해드리는 내 형편이 서글퍼졌다. 동시에 몇 푼 안 되는 공무원 월급으로 생활하면서, 스트레스 푸는 방법마저 돈 안 드는 '아이 쇼핑'이 돼버린 엄마가 안쓰러웠다.

"그래도 이 정도 몸매에 이렇게 옷발 잘 받는 50대 후반이 어딨니?"

왜 엄마도 명품 가방, 명품 구두, 명품 옷 안 입고 싶으시겠나. 현실에 맞는 대로 긍정적으로 스트레스를 풀고 계신 엄마가 고맙다. 어쩌면 내가 그렇게 긴 기간 동안 병원에 있으면서 나름대로 스트레스 푸는 방법을 찾아 버틸 수 있었던 건, 엄마의 긍정적인 마인드를 물려받았기 때문이 아닐까 싶다.

엄마! 고마워요.
제가 얼른 몸 회복해서 돈 벌면 제일 먼저 백화점 가서 엄마 옷 사드릴게요!

엄마는 엄마,
나는 나

하루를 살더라도 행복하게, 가족과 웃으며 살고 싶어 시작한 프로젝트 〈난 엄마가 이런 사람인 줄 몰랐지〉는 순항이 아닌 난항을 겪고 있다. 암초에 걸려도 몇 번은 더 걸린 것 같다. 예전에는 말도 못하고 있다가 요즘 내가 소리 내어 불편하면 불편하다, 싫다면 싫다 라고 말하기 시작한 이후론 더 많이 부딪치고 더 많이 다툰다. 물론 나는 말 못하고 혼자 끙끙 앓고 있던 지난 몇십 년 보단 속이 훨씬 더 후련하다. 하지만 늘 벽에 대고 말하는 것 같다. 게다가 늘 지는 건 나다.

이상하다. 밖에서는 야물딱지다, 어른들한테 싹싹하니 잘한다 라며 칭찬을 많이 듣는 나인데 집에만 오면 늘 주눅들어 있다. 작아진다. 가뜩이나 키도 작은데 마음마저 쪼그라드는 것 같다. 내가 늘 잘못한 것만 같은 기분이 든다. 내가 뭐가 문제가 있나? 라는 생각이 들 때가 많다.

처음 그 생각이 들었던 건 중학생 때였다. 방에서 공부하고 있었는데 거실 텔레비전 소리가 너무 커서 소리를 조금만 줄여달라고 부탁했더니, 엄마, 아빠, 동생이 나보고 '이기적'이라고 했다. 그날 이후로 나란 사람의 정체성에 이기적이라는 태그가 덧붙여졌다.

'소리를 조금만 줄여달라고 한 게 이기적인 건가?'
'난 이기적인 사람인 건가?'
'내가 너무 예민한 건가?'

집에만 있으면 지나치게 의기소침해지고, 가족들과 있으면 늘 주눅드는 게 이상해서 인터넷 검색을 해보다가 '가스라이팅(Gaslighting)' 이라는 단어를 발견했다. 가스라

이팅은 타인의 심리나 상황을 교묘하게 조작해 그 사람이 자신을 의심하게 만듦으로써 타인에 대한 지배력을 강화하는 행위를 말한다고 한다. 특히 연인들이나, 가족들 간에 이런 경우가 많다고 한다.

며칠 동안 엄마의 말에 시달리다가, '엄마가 오늘 좀 예민하신가?' → '아닌데… 엄마는 오히려 내가 잘못 생각하고 있다고 하던데' → '그럼 난 못난 사람인 건가' → '이런 내가 살아서 뭐해' → '죽어야겠다' 까지 생각이 이어졌다. 당장 집을 뛰쳐나가지 않으면 숨이 막혀 죽을 것 같은데, 돈이 없어 나갈 수는 없으니, 죽는 것 말곤 답이 없을 것 같다는 생각까지 이어지자 최후의 방법으로 정신과 병원에 찾아갔다.

"저 이상해요. 이렇게 힘들게 다시 살아났는데 다시 죽고 싶어요. 마음이 너무 힘들어요. 집에만 있으면 제가 못난이가 된 것 같아요."

"어머님은 채원 님이 어떻게 바꿀 수 있는 게 아니에요.

외부의 평가에 집중하기보다 내면에 집중하는 연습을 해 봅시다. 어머님은 어떻게 한다고 할 수 있는 게 아니에요."

"내면에 어떻게 집중을 해요? 저는 돈도 없고 독립을 할 수도 없어요. 그렇다고 귀를 잘라버릴 수도 없잖아요. 엄마는 계속해서 제가 잘못했다고, 원인이 저한테 있다고 말해요."

"채원 님이 좋아하는 거, 노래를 듣거나 글을 쓰거나 재밌는 걸 보거나 하면서 칭찬을 많이 해주세요. 외부에서 안 해준다면 채원 님 스스로가 해주는 거예요. 외부에 신경을 쓰기보다 내면에 신경을 써봅시다."

병원에서 돌아오는 길에 선생님의 말씀을 계속 되뇌었다. 엄마는 내가 바꿀 수 있는 사람이 아니다. 엄마가 어떻게 말하든 그건 내가 통제할 수 있는 게 아니다. 엄마의 생각은 내가 어떻게 할 수 있는 게 아니다. 바꿀 수 있는 건 오직 내 마음 내 생각뿐이다. 엄마는 엄마고, 나는 나다. 내 생각만 바꾸도록 노력하자. 내 기분은 내가 통제하자.

엄마가 내 기분을 망쳐버리도록 내버려두지 말자. 할 수 없는 건 내버려두고 할 수 있는 걸 하자. 내가 되뇌어야 하는 건 엄마의 비난이 아니라 내가 나 스스로 나에게 말하는 칭찬뿐이다. 엄마는 엄마고 나는 나니깐.

어쩌면 하루라도 행복하게 살기 위해서 엄마를 관찰하겠다고 시도했던 프로젝트 그 자체가 헛된 망상이었을지도 모른다. 애초에 엄마와 잘 지내기보다 나 자신과 먼저 잘 지내려는 연습을 하는 게 더 중요했을지도 모른다. 엄마가 아무리 나에게 비난의 말을 해도 그 비난을 발로 뻥차버릴지 주워 먹을지 결정하는 건 나였으니깐. 그 말들을 되뇌며 상처 받는 건 나였으니깐.

사람들과 잘 지내기 위해 선행돼야 하는 것, 어쩜 가장 필요했던 건 나를 더 단단하게 만드는 연습이었을 것이다.

난 남들이 내게 무심코 하는 말을 꿀꺽 받아먹은 적이 많다. 칭찬이든 비난이든 남의 평가를 곧이곧대로 믿고, 반박을 잘 못하는 편이다. 특히 남자친구와의 관계에선 더 심했다. 예전에 첫 남자친구에겐 헤어질 때쯤 이런 말을 들었다.

"넌 키가 너무 작아서 징그러워."

"턱이 너무 네모나서 박경림 같아. 못생겼어."

"네가 문제라서 헤어지는 거야."

"넌 앞으로 다른 남자는 못 사귀어."

친구에게 남자친구에게 이런 말을 들었다고 했을 때 친구는 그 말이 무슨 바이블이냐며, 그딴 애 말을 왜 듣고 앉아 있냐고, 그 말이 진리도 아닌데 왜 그런 소리를 믿냐고 했다. 당시엔 친구의 조언이 귀에 들어오지 않았다. 한때 도서관 내 자리였던 남자친구의 옆자리에 다른 키크고 어린 여자애를 앉혀놓고 보란 듯이 공부하는 전남친을 보며, 정말 내가 문제라서 환승을 한 걸까? 나는 남자친구를 사귈 자격도 없는 사람인가? 싶었다.

그런데 이제 와 생각해보니, 왜 같잖은 애의 말을 믿었을까? 날 알면 얼마나 안다고 고작 1년도 안 사귄 남자의 말을 왜 철석같이 믿었을까 싶다. 어떻게 이별의 원인이 나에게만 있다고 생각할 수 있었을까 싶다.

놀랍게도 그 애가 말한 것과는 정반대로 얼마 후 남자친구가 생겼고, 오히려 키가 작아 귀엽다는 소리를 들으며 예쁘게 연애를 했었다.

지금 생각해보니 그 전 남자친구의 말들도 가스라이팅이었던 것 같다. 마찬가지 아닐까? 엄마와 32년간 한집에 살고 있지만, 엄마라고 딸인 나에 대해 다 알지 못한다. 진지하게 대화를 해본 적도 별로 없으니 밖에서 다른 사람과 함께 있을 때 딸이 어떤 모습인지 모른 채, 으레 집에서 이러니 밖에서도 이럴 거다 라며 넘겨 짚으며 했던 말 아닐까?

나에 대해 모든 걸 안다는 양 함부로 평가하는 사람들의 말에 속지 말자. 내 마음은 내가 지키는 거니깐. 소중한 나에게 뾰족한 말을 내뱉는 사람들에겐 이렇게 말해주자.

"그건 네 생각이고. 난 아닌데?"

사람들과 잘 지내기 위해 선행돼야 하는 것,
어쩜 가장 필요했던 건
나를 더 단단하게 만드는 연습이었을 것이다.

난 '알코올 중독자' 였던 아빠에게 이렇게 좋은걸 물려받았는 줄 몰랐지

"어쩜 넌 아빠랑 똑같니."

예전엔 이 말이 너무너무 싫었다. 술을 그렇게 많이 드시는, 엄마를 속상하게 하는 아빠가 밉고 싫었다. 아빠가 싫어 공무원이라는 직업조차 밉게 보일 때가 있었다. 누군가를 미워하는 건 미움을 당하는 것보다 더 불행한 건데, 나는 그 불행한 행동을 무려 32년이나 하고 있었다. 그런데 내가 아빠랑 닮았다니. 그런 말을 하는 엄마가 원망스러웠다. 그러던 내가 지금은 그 말이 얼마나 큰 칭찬인지 알게 되었다.

오늘도 새벽 4시면 아빠는 벌떡 일어나 운동을 하러 가신다. 간이식 수술을 받은 이후 좀 쉴 법도 한데 쉬는 일이 없다. 사실 나에게 아빠의 이런 모습은 익숙하다. 어렸을 때부터 아빠는 새벽같이 일어나 하루걸러 하루는 등산을, 하루는 수영을 하셨다. 새벽 운동은 벌써 20년 넘게 해온 아빠의 습관이다.

우리 집 식탁 옆 선반엔 아빠가 드셔야 할 약들이 수북이 쌓여있다. 지금은 종류가 많이 줄었지만, 간이식 수술을 받고 얼마 안 됐을 땐 시간마다 챙겨 먹어야 할 약이 얼마나 많은지 이 많은 약을 다 먹다간 도로 간이 나빠지는 게 아닐까 걱정이 될 정도였다. 약마다 먹어야 할 시간 간격도 달라서 덜렁대는 사람이면 빼먹고 못 챙겨 먹을 법도 한데, 수술한 지 2년 가까운 시간 동안 잘 챙겨 드시는 아빠를 보면 대단하단 생각이 든다.

"선생님이 이제 6개월에 한 번씩 진료 보러 오라고 하시더라."

이젠 예전보다 자주 진료를 보러 오지 않아도 된다는 말을 들고 온 아빠의 얼굴엔 미소가 한가득이었다. 텔레비전을 보면 간이식을 받고도 술을 다시 먹어서 도로 간이 나빠지는 사람도 있다고 하던데 아빠는 이렇게 열심히 몸을 챙기시니 얼마나 고마운 줄 모른다.

예전엔 노력하는 것에 비해 잘 풀리지 않는 인생이 야속한 적이 많았다. 그런데 수의대 편입 공부를 하는 요즘, 아빠가 매일 아침운동을 하듯 나도 꾸준히 공부를 해왔던 덕분인지 토익 점수가 생각보다 잘 나오는 걸 보고 느꼈다. 당장 성과로 이어지진 않더라도, 눈에 보이진 않아도 꾸준히 습관 들이듯 해온 것들이 언젠가 도움이 된다는 걸.

수술을 하는 것보다 수술 후 관리를 잘하는 게 더 중요하다고 들었다. 만약 아빠가 아예 운동 습관이 안 되어 있는 사람이라면, 수술 후 이렇게 꾸준히 몸 관리를 하지 못했을 것 같다. 나도 초등학교 때부터 꾸준히 영어를 손에서 놓지 않고 공부해왔기 때문에 남들보다 조금 더 높은 점수에서 목표 점수를 위해 나아갈 수 있는 것 같다.

수술 이후 너무 힘들면 이만 명예퇴직해도 된다는 엄마

의 말에도, 오늘도 출근하는 아빠를 바라보며 한때 내가 너무 미워했던 아빠가 유난히 더 애틋하게 느껴진다.

아빠! 저 이제 아빠 닮았다는 말이 너무 좋아요.

아빠를 닮아서 힘든 일을 겪고도 제가 이렇게 잘 버티고 있는 것 같아요.

아빠, 감사합니다. 사랑합니다.

난 자격지심이 있었던 동생에게 이렇게 고마워하게 될 줄 몰랐지

감자처럼 둥그런 얼굴을 가진 나와 달리 고구마처럼 긴 얼굴을 가진 동생과 나는, 구황작물을 그릴 때 꼭 같이 그려 넣는 한 쌍의 감자와 고구마처럼 어린 시절부터 우애가 좋았다. 동생과 함께 있으면 짜파게티 하나를 같이 끓여 먹어도 재밌고, 집에 이렇다 할 장난감이 없어도 같이 투닥투닥 다투며 노는 것도 재밌었다. 동생과 함께한 모든 게 즐거웠던 것 같다.

동생에게 난 늘 미안한 누나다. 엄마의 기분을 잘 풀어주는 동생이 한때 너무 부러웠다. '나' 대신 '동생 같은 자식'이 있다면 엄마가 더 행복할 것 같았다. 우울증에 지쳐 대학교 합격 전화를 받고도 재수를 선택한 나와는 달리, 동생은 학창 시절 친구 관계도 좋았고, 한 번에 원하는 대학교에도 합격했다. 그런 동생을 질투했다.

동생이 군대에 갔을 때, 우울증이라는 긴 터널 속에 있던 누나는 어리석게도 '응원의 말' 대신 '우울의 말'만 늘어놓은 위문편지를 적어 보냈다. 속 깊은 동생은 면회하러 가도 힘들다는 소리 한번 없이 내가 사준 파닭을 맛있게만 먹었다. 전역 후 우연히 본 동생의 일기장엔, 먼저 진급한 동생을 시기한 다른 사람들 때문에 힘들다는 내용이 적혀 있었다. 힘들면 힘들다고 말을 하지…. 누나인 나는 아무 것도 몰랐다.

집에서 두 시간 거리의 회사에 합격한 누나를 위해 동생은 고시원에서 누나와 함께 지내기를 자처했다. 겉으론 자신도 고시원에서 지내는 게 집에서 회사를 가는 것보다 훨씬 가깝다고 했지만, 그게 어디 쉬운 일일까. 내가 불편하면 동생도 불편할 텐데 키가 큰 동생은 군말 없이 사람 두 명이 누우면 꽉 차는 고시원에서 발도 뻗지 못하고 잠을 잤다. 한번은 회사에서 힘든 일을 겪고 고시원에 와 자려고 누웠는데, 공황장애가 와 벌벌 떨고 있는 나의 손을 동생이 아무 말 없이 가만히 잡아주었다.

곰곰이 생각해보니 엄마와 아빠가 싸우는 걸 지켜본 사람은 나뿐만이 아니었다. 동생도 같이 겪고 있었다. 내가 내 불안을 소화해내느라 바빴을 때 동생은 엄마의 기분까지 맞춰주고 있었다. 물론 사람마다 성격이 다르지만, 예민한 내가 그 정도의 불안을 느꼈으면 무던한 동생에게도 어느 정도 영향이 있었을 텐데 어린데도 참 속이 깊은 동생이다.

그런 동생이었기에, 아빠의 간이식 수술을 동생이 선뜻 해준다고 했을 때 동생이 안 했으면 했다. 아무리 현대 의학이 많이 발전했어도, 수술은 수술인지라 잘못되기라도 한다면 아빠에 이어 동생까지 잃고 싶진 않았다. 엄마 아빠는 언젠가 세상을 떠나는 날이 오더라도 내 혈육이자 친구이자 보호자인 동생이 사라진다는 생각조차 하고 싶지 않았다.

동생이 행복했으면 좋겠다. 쉽지 않은 결정을 하며 아빠를 위해, 엄마를 위해, 나를 위해 묵묵히 애써온 동생이 나보다 더 행복했으면 좋겠다. 하고 싶은 일이 잘됐으면 좋겠다. 가끔 말은 쌀쌀맞게 해도 언제나 마음속으로 동생을 응원하고 있는 누나가.

나를 위해 쓴 글이
누군가를 위한 글이 되길 바라며

"저는 화상을 입어 피부 이식 수술을 했거든요. 아직 무서워서 제 환부를 직접 보지 못했는데 흉터는 많이 남아있을 것 같아요. 답답하고 지루하고 아픈 병원생활 동안 글 잘 읽고 많은 힘 얻었습니다. 감사합니다!"

퇴원 후, 다음 '브런치'에 병원생활을 하며 겪은 크고 작은 에피소드들을 사부작 사부작 연재했다. 그때 구독자 중 한 분이 써주신 댓글이다.

처음엔 그동안 마음속에 쌓여있던 일들을 뱉어내기 급급했다. 속에 있는 말들을 한풀이하듯 내뱉으며 쓴 글이었다. 때론 거칠기도, 무겁기도 했다. 미흡하기 짝이 없었다.

그런 나의 글에 참 많은 분이 하트를 눌러주셨고, 댓글도 남겨주셨다.

그중에는 나처럼 의도치 않게 병원생활을 해야만 했던 분들도 있었고, 아빠의 간이식 수술 이야기에 격한 공감을 하신 분들도 계셨다. 또 출산 후 육아 우울증으로 마음이 힘드신 분도 계셨다. 써주신 댓글을 하나하나 읽으면서 깨달았다.

'내 경험이 누군가에겐 위로가 되고 힘이 될 수 있겠구나. 나를 위해 쓴 글이었는데 이 글이 누군가를 위한 글이 될 수도 있겠구나!'

평범치 않은 나의 경험이 누군가에게는 공감이, 누군가에게는 위로가 되는 걸 알게 되면서 '책으로 만들어보는 게 어떨까?' 라는 생각이 들었다. 댓글에 용기를 얻어 여러 출판사에 원고투고를 했고, 깊은 안목으로 나의 글을 알아봐준 출판사 더블:엔을 만나게 되어 책으로서 더 많은 분을 만나뵐 수 있게 되었다.

병원생활을 하며 '어쩌면 이럴 수 있을까?' 싶은 환자도 만났지만, '앞으로 이렇게 살아야겠다' 라고 배운 환자분들이 더 많다. 나는 고작 1년 반 동안의 병원생활을 했지만, 요양병원에 계신 많은 뇌졸중 환자 중 4~5년은 기본이고, 길게는 14년을 입원해계시는 분도 보았다. 사실 책을 써야 할 사람은 내가 아니라 그분들이다.

나는 처음부터 긍정적인 사람은 아니었다. 오랜 기간 우울증도 있었고 늘 불안하고 불만만 가득 차 있었다. 나보다 불행한 사람은 없을 거라고 생각하며 살아왔다. 그런데 의도치 않게 병원생활을 하며 그분들께 배운 점들이 참 많다. '어떻게 저 상황에서 웃을 수 있을까?' 라는 생각이 들 정도로 제 3자인 내가 봐도 힘든 와중에 긍정적으로 이겨내시는 분들이 많았다.

99세 봉 할머니가 그랬고, '고맙다'라는 말을 습관처럼 하는 정이 언니가 그랬고, 편마비 증세가 있는데도 시니어 모델을 꿈꾸는 숙 아주머니가 그랬다. 내가 한 일은 그저 그분들에게 배운 자세를 나의 상황에 맞춰 적용했을 뿐이다. 내가 그분들을 보며 배웠듯, 어쩌면 하루하루 힘들게

인생이라는 터널을 걸어나가고 있을지 모르는 분들에게
내 책이 조금이나마 도움이 되었으면 좋겠다.

요양병원에 코로나 확진자가 대거 발생했다는 소식을
들을 때마다 지금도 병원에 계실지 모르는 할머니 할아버
지들 생각이 난다. 같이 생활하면서 함께 웃고 때론 화를
냈던 시간이 그립기도 하고, 건강히 잘 지내고 계실지 걱
정도 된다. 책에는 미처 다 적지 못했지만, 불편한 손으로
내 흉터를 가만히 만져주던 재활 짝꿍 룡 할아버지도, 딸
이 결혼을 했는지 안 했는지도 기억 못하면서 내가 환자복
바지를 접어 올리고 있을 때마다 "추워. 추워~ 이거 덮어~"
라고 하셨던 예뻐요 할머니도 생각난다. 모두들 건강하셨
으면 좋겠다.

버스에 치여 실려 왔을 때부터 생명을 살리는 방향으로
모든 수술과 시술을 진행해주신 아주대병원 응급외상의학
과 강병희 교수님을 비롯한 정형외과 최완선 교수님, 정준
영 교수님, 신경외과 유남규 교수님, 재활요양병원의 이경
미 상담실장님과 항상 유쾌한 모습으로 환자를 웃게 만들

어주셨던, 이제는 나의 롤모델이 된 김대중 선생님, 멀리 수원까지 달려와준 옥연이와 하나, 누구보다 가장 옆에서 날 지켜보고 응원해준 가족들.

인생의 밑바닥이라고 생각했던 상황을 긍정적으로 해석할 수 있도록 옆에서 지지하고 응원해주신 많은 분과 병원 생활을 함께했던 환자분들께 감사함을 전하고 싶다.